세계는 넓고,
스쿠터는 발악한다
Scooter Traveler

세계는 넓고, 스쿠터는 발악한다

초판 1쇄 인쇄 | 2008년 11월 11일
초판 1쇄 발행 | 2008년 11월 18일

글·사진 | 임태훈
펴낸이 | 장세우

편   집 | 황병욱
총   무 | 김인태, 정문철, 김영원
영   업 | 강승일

펴낸곳 | (주)대원사
주   소 | 140-901 서울시 용산구 후암동 358-17
전   화 | (02) 757-6717(대)
팩시밀리 | (02) 775-8043
등록번호 | 등록 제3-191호
홈페이지 | www.daewonsa.co.kr

ⓒ 2008, 임태훈

Daewonsa Publishing Co., Ltd.
Printed in Korea 2008

ISBN | 978-89-369-0796-9 03810

영국에서 유라시아를 건너 한국까지 2만km의 대장정!!

Scooter Traveler

세계는 넓고, 스쿠터는 발악한다

글·사진 | 엄태훈

KN
765 B

ⵙ DAEWONSA

내인생, 첫번째 로드무비

PRODUCTION scooter travel
DIRECTOR tae hoon lim
CAMERA
DATE   SCENE   TAKE

이 책은 길에서 벌어진 이야기로 채워져 있다. 길을 잃고, 길을 찾고, 길에서 도움을 받고, 길에서 자고, 길을 미워하고, 또 길을 사랑하게 되는……

나는 낭만적이고, 여유로운 여행자라기보다는 그 길을 계속 가기 위해서 긴장하고, 끙끙대며, 매달리는 여행자였다. 영화 속의 멋지고 폼 나는 주인공이라기보다는 멋진 액션장면을 만들기 위해 실제로 말을 타고, 자동차에서 뛰어내려야 하는 스턴트맨에 가까웠다. 하지만 난 멋진 주인공이 등장하는 영화보다는 실제 액션이 존재하는 세계를 탐험해보고 싶었다. 내 얘기는 결국 유라시아를 배경으로 한 리얼 액션 로드무비다.

나는 굉장히 단순해서 직접 경험하지 않고서는 대리만족을 할 줄 모른다. 그냥 내가 해보면 되잖아. 그렇기 때문에 영국에서 한국까지 스쿠터로 혼자 갈 생각을 할 수 있었던 것 같기도 하다.

엉덩이가 아플 정도로 울퉁불퉁한 비포장길을 달릴 때나 일사병에 걸릴 만큼 뜨거운 햇볕 아래 헬멧을 쓰고 찜통 체험을 할 때는 당장이라도 집에 가서 쭉 뻗고 잠이나 잤으면 좋겠다는 생각도 들었다. 하지만 난 포기하는 방법을 몰랐던 것 같다. 한편으로는 어린 마음에 멋지게 성공하고 싶은 마음도 있었다. 이 여행이 "지금 꼭 해야 하는, 지금 아니면 평생 못할 것 같은" 그런 것처럼 느껴졌다. 무엇보다도 그동안 너무 갇혀 살았다는 생각을 하다가, 여행을 다니면서 생각이 조금씩 바뀌어가고, 사람들과 소통하는 방법을 배우는 그 맛이 너무 좋았다고나 할까?

지금도 눈을 감으면 길가에 스쿠터를 세워놓고, 한가하게 맞았던 뜨거운 바람 한줄기가 느껴지는 것만 같다. 말 한마디 통하지 않아도, 날 도와주고 응원해주던 눈빛들이 아직도 날 바라보는 것 같다.

사람들은 여행자에게 무척이나 관대하다. 여행자는 자신이 만난 모든 사람들을 즐거운 여행의 길에 포함시키기 때문이다. 단지 내가 여행자라는 이유만으로 받은 도움을 생각하면, 날마다 여행을 가고 싶다는 생각이 들 정도다. 이렇게 좋은 것을 누군가에게 권하지 않는다면 난 정말 나쁜 놈일 것이다. 이 책을 읽은 사람들이 여행을 많이 떠났으면 좋겠다.

그리고 나서 자신만의 로드무비를 들려줬으면 좋겠다.

Contents

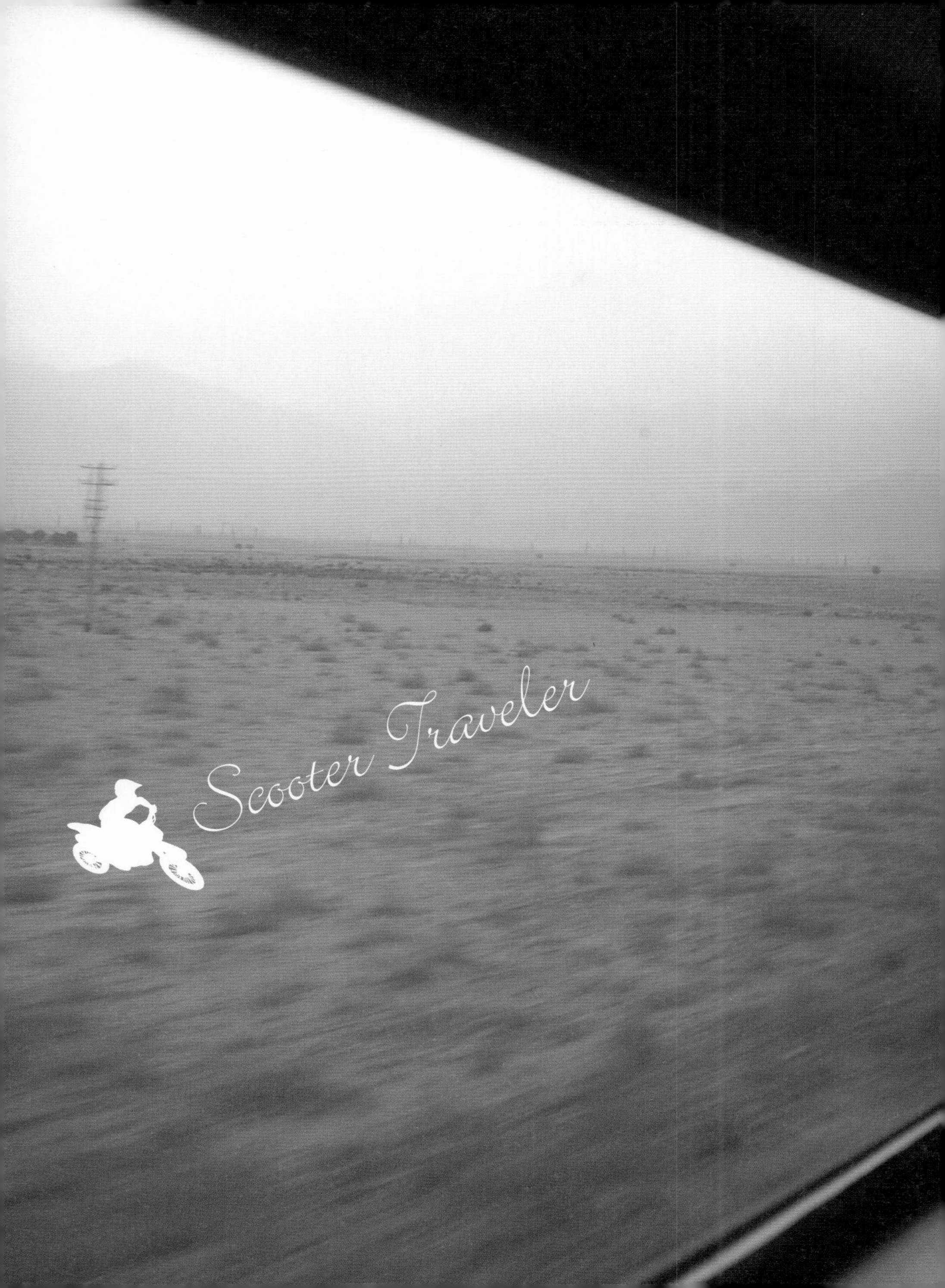
Scooter Traveler

비행기표를 찢어버리다

한 달 동안 자전거로 영국을 돌고, 스쿠터로 유럽을 돌고 왔는데도, 마음이 안정되기는커녕 다시 떠나고 싶은 마음에 시달렸다. 그때 영국에서의 체류기간은 4개월이 남아 있었다. 영어를 배우겠다고 영국에 왔으면, 어학연수를 더 하고 가야 한다는 생각도 있었다. 하지만 몇 달 뒤 어차피 집으로 돌아가야 한다면 난 그 길이 특별하길 바랐다. 한편으로는 기회처럼 느껴지기도 했다.

영국에서 집까지……

지도를 펼쳐보니, 동쪽으로 쭉 가기만 하면 집 근처까지는 갈 수 있을 것 같았다. 20,000km. 스쿠터를 타고 가면 두세 달은 족히 걸릴 텐데 가려면 빨리 출발해야 했다. 더 늦게 출발하면 중국에서 겨울을 맞이할 수도 있었다. 그리고 무엇보다 그런 계획을 마음에 담아두고, 학원과 기숙사를 오가는 생활을 제정신에 할 자신이 없었다.

난 스쿠터로 집까지 간다.

그런데 어떻게? 돈은 충분히 있던가? 국경은 어떻게 넘지? 유럽은 그렇다 치고 중동과 아시아에서는 어떻게 해야 하는 건데. 그때부터 난 자료를 모으고 뒤지기 시작했다. 유라시아 대륙을 여행한 사람들의 이야기들. 하지만 내가 생각했던 것만큼 자료가 충분하지 않았다. 도대체 터키에서 어디로 건너가야 하는 걸까? 혹시 스쿠터만 살아남고 나는 어느 중동 사막에 묻혀버리게 되는 건 아닐까? 분명한 건 작은 스쿠터를 타고 혼자서 여행한 사람이 없었다. 적어도 아직까지는……
무슨 일이 생길지 예상할 수 있다면 여행을 떠날 사람이 과연 얼마나 있을까? 그래, 그게 내가 바라는 거다. 가보기 전에는 절대 알 수 없는 길. 그 길로 떠나자.

더 이상 나에게 비행기표는 필요하지 않았다. 나는 스쿠터를 타고 집까지 간다. 갈 거다. 갈 수 있을 것이다. 가야 하겠지? 혹시라도 마음이 약해질까봐 한국으로 돌아가는 비행비표를 두 눈 질끈 감고 찢어버렸다. 이제 내 자리까지 넘어오는 이코노미석 덩치 좋은 아저씨 옆에 앉아 13시간 동안 비행을 해야 하는 일은 절대로 없을 것이다. 스쿠터 위에 멋지게 앉아 온몸으로 세계를 누비리라. 으하하하.

그런데 혹시 내가 미친 건 아니겠지?

나? 스물 셋. 대한민국 청년 임태훈

계획 : 3개월간 2만 km

Scooter Traveler

방법 : 대책없음
지도와 기름값만 있다면 괜찮지 않을까?

목적 : 집에 가는 것

도구 : 독일에서 구입한 스쿠터 혼다 PS125

나의 꿈 : 유라시아 대륙을 건너 집까지 무사히 가기

Scooter Traveler

영국에서 어학연수를 더 하고 가는 건 어때?

아니.
집으로 가는 길이 6개월이 걸리든 1년이 걸리든 상관없어.

지금 내가 그걸 하고 싶다는 게 중요해.

여정 : 영국에서 출발해 유럽과 중동, 아시아를 지나 한국으로
알프스 산맥…… 파키스탄의 카라코람 하이웨이, 중국……

목적지 : 우주에서 은하계에서 지구에서 아시아에서 한국에서 안산

친구들의
반응……

첸 : 미쳤구나. 어쩜 그런 생각을? 믿을 수 없어.

에미꼬 : 허허허. 그런 고생을 왜
하니? 나라면 그냥 비행기 타고
갈 텐데 아무튼 파이팅! 내가 가
기 전에 맛있는 거 해줄게.

알베토 : 신의 가호가 있기를!

춘근: 중국 오면 연락해. 우리집
에서 묵었다 가도 돼.

아이: 과연 할 수 있을까?

Scooter Traveler

ELAND

UNITED KINGDOM

GERMANY

POLAND

UKRAINA

LIECHTENSTEIN

FRANCE

SWISS AUSTRIA

SLOVENIA

RUMANIA

CROATIA

ITALY

SERBIA

BULCARIA

SPANIN

CREECE

TURKEY

part I

무한상상에날개를달다

: 영국, 독일

AFGHANISTAN

CHINA

PAKISTAN

굿바이, 런던······
Good-bye, London······

영국을 떠날 시간이 성큼성큼 다가오고 있었다. 7월 이후에 떠 났다가는 한국에 반 동상이 걸린 채 도착할 수도 있기에 나는 급 하게 떠날 채비를 해야 했다. 옷깃만 스쳐도 인연이라는데 6개 월 동안 동고동락했던 친구들과 헤어질 생각을 하니 마음이 가볍지만은 않았다.

제2의 파바로티를 꿈꾸며 노래를 부르는 아르헨티나 무명가수 세바스찬, 독일에서 태 어나 독일에서 자란 중국인 2세로 나보다 중국어가 서툴던 체니, 언제나 내게 웃으며 중국어로 '친구'라는 뜻의 '펑요우'라고 외치던 스페인 친구, 학원을 마치고 집으로 돌 아와 점심을 함께 먹으며 체스를 두었던 이즈마엘, 공학박사를 꿈꾸는 윤이 누나, 같은 임씨 성으로 학원에서 만나 같은 기숙사에 머물렀던 수진 누나, 그녀의 남자친구 한형, 그리고 내가 지금까지 영국에 잘 적응할 수 있게끔 도움을 아끼지 않았던 우리 누나.

영국을 떠나기 이틀 전, 우리는 파티를 열었다. 파티라고 해봤자 각자 요리를 한 가지씩 준비해서, 저녁에 함께 나눠먹는 정도지만 생일이나 다른 기쁜 일, 혹은 사람들이 새로 왔거나 숙소를 떠날 때면 꼭 한 번씩 여는 행사였다. 내가 머물던 블루키친에서 마지막으로 식사를 하니 떠난다는 것이 정말 실감 나는 것 같았다. 떠나기 전 친구들의 메일 주소를 받아두었다. 여행하다가 여유가 생기면, 메일로 안부라도 띄워줄 생각에……

Good-bye, London...

드디어 런던을 떠나는 날 밤.
일본인 친구인 하루코는 내게 엽서와 선물을 주었다. 비록 친하게
지내지는 못했지만, 그렇게 그녀는 소소한 정을 나에게 나눠주었다.

세바스찬은 여행 중에 잘 씻지 못할 거라며 내 머리를 빡빡 밀어주었다. 머리를 깎고 나
니 축구를 좋아하는 독일인 체니가 차두리 선수 같다고 했다. 샤워를 마치고 학원에서
알게 되어 이 방을 추천해주었던 수가 해준 파스타를 맛있게 해치웠다. 밍은 요긴하게
쓰라며 스위스제 빅토리녹스 맥가이버칼과 어려움에 처했을 때 읽으라며 성경책을 건
네주었다.
친구들의 따뜻한 마음이 담긴 선물이었다. 그대들을 위해서라도 꼭 여행
에 성공하리라.

LEGENDS

친구들과 어쩌면 마지막이 될지도 모를 아쉬운 작별 인사를
하고, 기숙사를 나섰다.
프랑크푸르트행 야간버스를 탈 수 있는 빅토리아역으로
향했다. 몇 달간 정들었던 런던과 정말 이별인가?
실감나지 않았다.
런던 아이도, 트라팔가 광장도 안녕,
모두 모두 안녕......

Thanks London
for supporting the NSPCC
EMERGENCY EXIT
6
NSPCC
Cruelty to children must stop. FULL STOP
Thank you London for believing
cruelty to children can stop. FULL STOP.
0808 800 5000
The NSPCC Child Protection
open 24 hours a day, seven days a
LK04 CUJ

그런데 이게 웬일? 프랑크푸르트로 가는 버스표가 매진이었다. 처음 독일에 갈 때 나왔던 부족한 준비성이 이번에도 도졌다. 도대체 나는 표가 있는지 확인도 해보지 않고 무슨 생각으로 이 늦은 밤중에 버스터미널로 온 걸까? 세 살 버릇 여든 간다더니 그 말이 맞긴 맞나보다. 별다른 대책이 없었던 나는 취소된 표가 나올 때까지 기다리기로 했다. 전쟁터로 떠나는 사람처럼 멋지게 작별 인사를 하고 나왔는데, 다시 기숙사로 돌아갈 수는 없는 노릇 아닌가.

한 시간쯤 기다렸을까? 매표소 앞에서 기웃거리다 드디어 표를 구했다. 출발 10분 전에 취소표가 나와 운이 좋게 구매할 수 있었다. 행운의 여신은 그렇게 나의 손을 들어주었고, 프랑크푸르트행에 녹색불이 들어왔다.

버스표를 사느라 신경을 많이 써서 그런지 배고픈 것도 잊고 있었다. 버스를 타고 세 시간쯤 지나 프랑스로 실어줄 페리에 닿았을 때 이제 좀 마음의 여유를 찾았는지 뱃속에서는 밥 먹을 시간이 지났다며 아우성을 쳤다. 1.98파운드로 가장 저렴하게 먹을 수 있는 소시지&계란을 주문했다. 소박하지만 맛있게 그리고 감사한 마음으로 먹고 있는데 옆자리에 앉았던 사람들이 손도 대지 않은 케이크를 그대로 남겨둔 채 자리를 뜨는 것이 아닌가. 내 동공은 두 배로 커졌다. 종업원이 와서 쓰레기통에 버리려고 하는 찰나 "그거 나 주면 안 될까?"라고 물었고, 그는 의아한 듯 한번 흘겨보더니 케이크를 나에게 주었다. 옆에 있던 할아버지들이 나를 쳐다보더니 알 수 없는 미소를 건넸다. 으음. 맛만 좋은 걸……

런던에서 출발한 버스는 배에 실어져 영국의 도버와 프랑스의 칼레 사이에 있는 도버 해협을 건넜다.
나는 버스에서 내려 갑판 위로 올라갔다. 배가 일정한 속도로 나아가며 물과 부딪치는 소리가 내 귀에 들려왔다. 처음 집을 나설 때보다 더 흥분되고 긴장되었다.

칼레에서 내린 버스는 독일을 향해 달리기 시작했다.

프랑크푸르트가 가까워지고 있었다. 프랑크푸르트는 내 여행의 첫번째 목적지였지만 그 후에는 일이 어떻게 돌아갈지 알 수 있는 게 하나도 없었다. 적당한 스쿠터를 구입할 수 있을지, 구입을 하더라도 보험가입은 가능한지, 그 모든 것이 해결된다고 해도 어디까지 타고 갈 수 있을지. 알 수 없는 것 투성이었다. 하지만 단순하게 생각하기로 마음을 먹고 일단 부딪쳐보자.

안녕? PS125

정오, 햇빛이 가장 뜨거운 시간에 프랑크푸르트에 도착했다. 버스에서 내리자마자 먼저 PC방에 들러 인터넷으로 중고 스쿠터 매물을 알아보았다. 정말 많은 종류의 오토바이가 화면에 펼쳐졌다. 이 중에 나와 유라시아 대륙을 건널 멋진 녀석이 있을까, 난 날카로운 눈빛으로 그들의 면면을 살펴보았다.

유럽 여행할 때 사용한 줌머혼다에서 나온 스포티한 디자인의 스쿠터를 구입했던 오버루젤에 있는 혼다 매장이 생각났다. 그곳에 가면 스쿠터를 구입하는데 도움도 받고 하루 이틀 정도 짐도 맡길 수 있을 것 같았다. 곧바로 나는 트램을 타고 오버루젤로 날아갔다.

Scooter Travel
Frankfurt

U3 Hohemark
über Weisskirchen
und Oberursel-Bf.

U3 Oberursel
Hohemark

VgF
343 A

Mit anderen
Tüten herum-
enden?

0
3
7

혼다 매장의 매니저는 나를 기억하고 있었다. 두 달 전, 무작정 와서 독일에서 영국까지 간다며 줌머를 구입해갔던 동양인. 그는 반갑게 인사를 했고, 오토바이를 살 만한 매장을 소개시켜 주었다. 오버루젤에서 가까운 곳에 위치한 오토바이 매장이었다. 잘 살 수 있을지는 모르겠지만 그래도 모르는 데 보다 한 번 사본 경험이 있는 곳의 도움을 받는 게 나을 것 같았다.

근처에 도착해 전화를 걸었더니 사장 동생이 직접 전철역까지 마중 나와 주었다. 안내를 받아 매장에 도착하니 으리으리한 오토바이들이 즐비해 있었다. 하지만 내 눈에 비싼 오토바이는 왠지 사치로 느껴졌고 한국까지 돌아가는 데 그저 발작을 일으키지 않을 녀석이면 충분했다. 편안하고, 짐을 실을 공간이 충분한 스쿠터면 된다. 한참을 돌아보다 마음에 드는 걸 골랐다. 2,800유로라는 가격 부담이 만만치 않았으나 속도도 괜찮고, 시트에 앉았을 때 시야가 높아서 편안한 운전이 가능해 보였다. 그리고 바퀴가 커서 안전하고 방향 바꾸기도 좋아 보이는 게 처음 타보고 '아, 이 녀석이다' 싶었다.

그렇게 손에 넣게 된 스쿠터는 혼다 PS125!

HONDA PS125

나의 생일을 축하해
Happy Birthday to Me

스쿠터는 하루 뒤에 찾아가기로 하고 프랑크푸르트 시내로 돌아왔다. 이번 여행의 핵심, 날 집으로 데려다 줄 스쿠터를 구입하고 나니 왠지 모든 게 끝난 것 같았다. 스쿠터를 구입하기 전까지는 내 몸뚱아리가 천근만근처럼 느껴졌는데, 지금은 깃털처럼 가벼워진 마음으로 프랑크푸르트 시내를 돌아다녔다. 일이 너무 수월하게 풀리는 것 같다는 생각이 들었다. 내 여행을 기록해줄 카메라 렌즈와 길을 알려줄 지도를 구입했다.

프랑크푸르트는 이번이 두번째라 낯설지 않았다. 프랑크푸르트역에 있던 버거킹도 그대로고 시내의 높은 은행가나 마인강도 그 자리에 있었다. 즐거운 여행을 하고픈 내 불굴의 의지도 변하지 않았다. 해가 지고 밤이 찾아왔다. 그리고 그날은 한국 시간으로 따지면 내 생일이었다. 하지만 내 생일을 축하해줄 친구들은 곁에 없었다. 음력 7월 7일. 작년에는 중국에서 미역국을 먹었는데, 이번에는 프랑크푸르트역에서 혼자 보내야 한다니 조금은 쓸쓸했다. 난 생일을 혼자 축하하며, 벤치에 앉아 성경을 읽기 시작했다. 모르는 단어가 많았지만, 밍이 선물한 두툼한 성경책은 여러모로 쓸모가 많았다. 수면제로, 베개로, 책으로 나를 끊임없이 채워주었다.

한참을 성경과 씨름하고 있을 때쯤, 배낭여행객으로 보이는 한 처자가 옆에 와서 앉았다. 그녀의 이름은 록시. 몬트리올 대학에서 사회과학을 공부하는 캐나다인이다. 공항이나 역에서는 나나 그녀처럼 노숙을 하는 배낭여행객들을 심심치 않게 만날 수 있다. 피곤에 쩐 모습으로 큰 가방을 안고 자는 사람도 있고, 여러 개의 의자를 침대 삼아 편하게 잠을 청하는 사람들도 있다. 그런데 그녀는 책을 읽고 있었고, 내게 그 모습이 흥미롭게 보였다. 혼자 유럽을 여행 중인 그녀는 새벽 3시 비행기를 타고 이동할 계획이라고 했다.

나는 그녀에게 생일이라고 말하지 않았다. 하지만 역에서 내 여행의 첫 동무를 만난 것이 생일 선물을 받은 것처럼 즐거웠기 때문에 따로 축하를 받지 않아도 될 것 같았다.

유라시아 대륙 횡단,
날개를 달다

프랑크푸르트역에 있는 화장실에서 대충 씻고, 스쿠터를 찾으러 갔다. 스쿠터는 매장 안에서 얌전히 날 기다리고 있었다. 드디어 완전히 내 명의로 된 스쿠터가 되는 것인가? 감동의 순간, 한편으로는 겁도 났다. 속도가 꽤 빠른데 만약 사고라도 나면 정말이지 죽을 수도 있을 것 같다는 생각이 스쳤다. 하지만 이 정도라면 어느 도로라도 다 달릴 수 있을 것 같다는 생각이 들었다. 그래, 가보는 거야.

번호판도 문제없이 등록되었고 운행에도 이상이 없었다. 서비스로 받은 헬멧을 쓰고, 짐을 찾기 위해 오버루젤의 혼다 매장으로 스쿠터를 몰았다.
정말 우연히도 독일의 작은 마을 오버루젤까지 와서 스쿠터를 사고, 또 다시 도움을 받게 될 줄은 몰랐다. 이제 떠나고 나면 다시 볼 수 없으리라고 생각하니 가슴이 짠했다.
역시 인맥이 좋긴 좋구나.

스쿠터가 있으니까 이동이 자유로워졌다. 오버루젤을 떠나 신나게 달리며 여행 장비를 준비하기 시작했다. 먼 거리를 여행해야 하니 단단히 준비해야 했다. 물론 그때그때 필요한 건 현지에서 조달할 수 있겠지만 앞일은 모르는 것이니 미리 준비해 두면 나쁠 거 없다. 혼다에서 알려준 가까운 매장에 갔으나 내 짐들을 해결해줄 캐리어를 찾지 못했다. 그들이 내 사연을 듣고는 오토바이 용품점을 소개해주었다. 프랑크푸르트에서 가장 크다는 매장이니 금방 찾을 수 있겠다 싶었는데, 이외로 어려웠다. 사람들에게 길을 묻자 한 청년이 나서서 자신의 오토바이를 몰고 30분 동안 함께 달리며 길을 안내해주었다. POLO라는 회사의 오토바이 용품들은 오히려 자전거 용품보다도 저렴했다. 직원의 도움으로 많은 짐을 해결할 수 있었고, 장비 사용에 대해서도 일러주었다. 한국 돈으로 치면 20만 원 정도 소비하긴 했지만 내 짐들을 넣어줄 가방과 장갑에 비옷까지 여행을 떠날 모든 준비를 끝낼 수 있었다.

나만의 루트를 만들 거야

여행은 우리에게 환상과 경이로운 세계를 보여준다. 매일매일
반복되는 일상을 떠나 새로운 만남을 체험하는 것은 정말이지
큰 기쁨이다.

이번 여행 루트는 독일을 출발해 스위스와 오스트리아의 알프스 산맥을 넘고, 아직은
미지의 세계 같은 동유럽을 지나, 지중해가 펼쳐져 있는 그리스, 터키를 가로지르는 것
이다. 한국까지 가려면 더 많은 국가를 지나야 하겠지? 얼마나 많은 돌발 상황과 재미
난 일들이 펼쳐질지 너무나 기대된다. 하지만 혹시 모르지. 가다가 아무도 모르게 땅 속
에 묻히는 건 아닐까 하는 걱정도 되고…… 떠나기에 앞서 내가 왜 이런 고생을 사서
하는지에 대한 의문이 들기도 한다. 물론, 한국으로 가는 비행기표를 찢어 버려서 그렇지 뭐

사람들은 내게 묻곤 했다. 왜 이런 여행을 하냐고.

여행하는 사람들의 마음은 한결 같다. 자기 자신에게서 도피하기 위해 여행을 떠나는 게 아니라 자기 자신을 되찾기 위해 여행한다. 나도 자신을 찾기 위해 스스로를 낯선 곳에 던져 넣고 싶었다. 이번 여행을 통해 내가 누구인지, 내가 가지고 있는 자아는 무엇인지 다시금 되새기고 싶었다. 하늘은 각자에게 남다른 개성을 주었다 하니 나에게 주어진 그것을 찾아보고픈 마음도 있었다. 남들처럼 론리 플래닛이나 여행 가이드도 훑어보지 않았다. 나는 몸과 마음의 느낌대로 움직이기로 했다. 이번 유라시아 횡단을 통해서 후회하지 않도록 많은 것을 느껴보리라.

이제 진짜 출발이다!

information
for scooter
travelers
985003
985003
985003
W.J. Rogers Company

스쿠터를 독일에서 사게 된 이유

나는 비자가 있었지만 외국인이고, 처음으로 영국에서 보험에 가입하는 것이었기 때문에 보험비만 180만 원 정도 되었다. 어지간한 스쿠터 한 대 가격이다. 이렇게 비싼 이유는 영국의 물가도 한 몫 하지만, 외국인 대상 보험료가 유난히 비싸다는 점이 영향을 많이 받는다. 결국 유럽 스쿠터 여행 때처럼 비교적 저렴하게 장만할 수 있는 독일로 넘어가서 구입을 하기로 했다.

스쿠터 등록 절차

오토바이 구입 시 여권, 면허증, 보험이 있어야 한다.
외국인의 경우 1달 만료의 번호판을 구비하여야 한다. 번호판 만드는 비용 50유로.
모든 EU 가입국에서 한 달간 운전할 수 있는 보험비용 150유로.
EU 가입국은 국경에서 무비자로 통과 가능하기 때문에 따로 비자는 필요없다.
이란, 파키스탄, 중국의 비자는 각국의 대사관들이 모여 있는 터키의 수도 앙카라에서 발급받기로 하고 떠났다. 이후 중국 비자는 파키스탄의 이슬라마바드에서 발급받았다.

스쿠터 여행자의 짐꾸러미

반드시 몸에 지니고 다녀야 할, 한국까지 가는 데 없어서는 안 될, 여권
초행길이자 어쩌면 두 번 다시 지나갈 수 없을 길을 알려줄, 미슐렝 지도
그날의 날씨, 풍경, 소소한 이야기를 간단하게 남길 수 있는, 수첩과 볼펜
이제는 내공이 쌓여서 삼일에 한 번씩 갈아 입어도 끄떡없을 것 같은, 속옷과 양말
지금은 종종 먹통이 되어버리지만 2년간 내 곁을 한시도 떠나지 않았던, IBM 노트북
300만 화소에도 불구하고 마음에 드는 결과물을 뽑아주었던, FUJIfilm 디지털 카메라
있으면 짐이지만 없으면 허전한, 카메라 삼각대
게으른 여행자를 깨워줄, 알람시계(하지만 한 번도 쓴 적이 없다)
손이 시려워 핸들을 놓칠 일이 없도록 감싸줄, 장갑
비가 내려도 몸이 젖지 않게 해주는, 우의와 방수신발
나 같은 헝그리 여행자에게 부담되는 여비를 절약할 수 있게 해주는 일등공신들,
텐트, 침낭, 슬리핑 매트, 냄비, 버너, 포크 등 캠핑용품

그리고 가장 중요한 나의 마음가짐
하나만 생각하자. 집으로…… 간다……

Scooter Traveler

ELAND UNITED KINGDOM

GERMANY POLAND

UKRAINA

LIECHTENSTEIN
SWISS AUSTRIA
FRANCE
SLOVENIA
RUMANIA
CROATIA
ITALY SERBIA
BULCARIA

L SPANIN
CREECE TURKEY

part 2

알프스에서의 서바이벌 4박5일

: 스위스, 리히텐슈타인, 오스트리아, 이탈리아, 슬로베니아

AFGHANISTAN

PAKISTAN

CHINA

보험 기간이 5일밖에 안 남았다고?

프랑크푸르트역에서 눈을 떴다. 본격적으로 유라시아 횡단 여행이 시작되는
아침이었다. 밤새 비가 와서 그런지 날씨가 좀 추웠다. 아마도 그날 아침을 내 여행의
'진짜' 시작이라고 봐도 좋을 것이다. 그 전까지는 여행에 대한 준비라고나 할까?

그 순간 내 여행이 시작되었음을 아는 사람은 나밖에 없었다. 세상은 내 여행과는 상관 없이 돌아가고 있었다. 이제 내가 세상으로 들어갈 시간이었다.

나는 안전한 여행이 되게 해달라고 기도를 드리고, 스쿠터에 올라 점점 활기를 띠어가 는 도시를 떠났다. 스위스를 향해!

두어 번 길을 잘못 타긴 했지만 별 탈 없이 스위스 국경에 도착할 수 있었다. 독일—스위스 국경이 여러 군데 있지만 나는 가장 한적한 곳을 택했다. 국경을 통과하려는 차들이 차례로 면허증을 보여주고 빠져나가고 있었다. 그런데 내 차례가 되자 국경관리인이 불러 세웠다.

"너 중국인이지? 비자 보여줘."

"나 한국 사람인데?"

중국인들이 스위스로 들어가기 위해서는 비자가 필요하다고 한다. 나는 의기양양하게 여권을 내밀었다.

"오케이. 근데 니 스쿠터 보험 기간이 5일밖에 안 남았어."

"무슨 소리야. 나 며칠 전에 독일에서 보험 들었는데……"

웬 뚱딴지 같은 소리인가 싶어 내려서 내 스쿠터의 번호판을 보니 정말로 기한이 5일밖에 남아 있지 않았다. 하늘이 무너지는 것 같았다. 아무래도 오버루젤의 혼다 매장에서 보험과 번호판 유효기간을 일주일로 설정해 놓은 것 같았다. 난 분명히 스쿠터로 유럽을 지나 터키로 갈 거라고 말했는데…… 그럼 일주일 안에 유럽을 가로지르라는 말인가? 너무나 당황한 나머지 당장 프랑크푸르트로 돌아가 따지고 싶었지만 먼 거리를 돌아가자니 막막함이 앞섰다. 이 사태를 어떻게 처리해야 하는가에 대한 선택의 기로에 선 나.

국경관리인은 일단 금, 토, 일요일은 스위스에서 머물다가 돌아오는 월요일에 독일 콘스탄츠 지역으로 가서 보험을 연장하는 게 어떻겠냐고 했다. 그곳에서 자동차 보험회사나 계속 여행을 할 수 있는 방법을 찾아보는 게 나을 것이라고 이야기했고, 그는 외국인을 위한 보험이 반드시 있을 거라며 번호판을 받는 데에 문제없을 거라고 했다. 이 말을 들으니 그나마 안심이 되는 듯했다. 너무 막막한 상황이라 어쩔 수 없이 그의 제안을 따를 수밖에 없었다.

아무리 고난이 있어도 후퇴하지 말고 전진하자고 위로하며 나는 스위스행을 택했다. 국경관리인은 스위스를 어떻게 돌아다녀야 하는지 친절하게 길을 가르쳐 주었다.

위기에 부딪혔을 때, 누군가 베풀어 주는 친절은 마치 피로회복제와 같다. 깊은 감사의 마음을 전한 뒤 스위스로 돌진!

헝그리 소년의 헝그리 캠핑

저녁께 스위스에 도착해 한참을 달리다보니 작은 시골마을이 나왔다. 곧 사위가 어두워지고 가로등도 없어서 더 이상 나아갈 수가 없었다. 스위스 북부에서 한 캠프장을 찾았으나 스쿠터임에도 불구하고 사용료가 비쌌다. 하는 수 없이 다른 캠프장을 찾아 동쪽으로 이동하는 데, 때마침 비가 오기 시작하여 왠지 스위스의 텃세를 받는 기분이었다.

텐트를 설치하고 저녁 준비를 하던 중에 옆 텐트 사람들과 인사하게 되었다. 그들은 휴가차 네덜란드에서 왔단다. 가족끼리 차를 타고 다른 나라로 자유롭게 갈 수 있다는 게 참 부러웠다. 예쁜 딸 하나가 있었는데 부끄러웠는지 자꾸만 숨어버리곤 했다. 그들은 왜 스쿠터를 타고 여행하냐며 궁금해했고, 나는 이야기보따리를 풀어나가기 시작했다.

"혼자 왔니?"
"네."
"어디까지 가니?"
"고향까지."
"고향이 어디? 일본? 중국?"
"한국이요."
"와우. 정말 한국까지 간단 말이야?"

Scooter Travel
Swiss

"그러게요. 나도 갈 수 있을지 모르겠네요."

"그럼 이렇게 캠핑하면서 가는 거야?"

"가끔은 숲에서 야영도 하고, 해가 지거나 길을 잃으면 그냥 거기를 집 삼으려고요."

"위험하진 않아?"

"아직 며칠 안 되었는 걸요. 전에 한 달 동안 자전거 여행도 했고, 스쿠터로 독일부터 영
국까지 여행한 적 있어서 이제는 어느 정도 적응이 되었나 봐요."

남편은 네덜란드의 기자라고 했는데, 직업의식 때문이었을까?
호기심 어린 표정으로 다가와 수차례 질문하며 무언가를 써내려갔고 부인은 계속 미소
를 지으며 내 이야기를 들었다. 나도 나중에 결혼해서 이렇게 여유롭게 살고 싶다는 생
각이 들었다. 또 부부 모두 네덜란드 사람이었는데도 영어가 완벽해서 내심 부러웠다.
깊은 밤이 다 되도록 기념사진도 찍으며 즐거운 시간을 보냈다. 그리고 피곤한 몸을 뉘
이며 잠을 청했다. 윽, 그런데 호수 주변이라서 그런지 모기가 너무 많았다. 모기 백만
번 물렸다. 내 피 물어내!

죽지 않아!

다음날 아침, 혹시라도 보험 연장이 안 되면 어쩌나 하는 마음
에 조급해져 슈퍼맨보다 빠른 속도로 움직이기 시작했다.

여기저기 수소문 끝에 보험사에서 가르쳐준 중고차 수입 상사를 찾아갔다. 콘스탄츠
도로공사에서 멀지 않은 곳에 있었다. 허름해서인지 또다시 속을까봐 신용이 가지 않
았지만 그래도 별 수 있나, 일단 들이대보는 수밖에. 사무실에 들어서니 시리아 출신의
아저씨가 날 맞아주었다. 그는 150유로에 자동차 보험 가입과 번호판 연장이 가능하다
고 했다. 너무 걱정하지 말라며 친절하게 대해주었다. 어쨌든 보험 처리가 완료되었고
여행에 보태 쓰라며 150유로에서 10유로를 깎아주었다. 독일 도로공사로 가서 약 80유
로의 추가비용을 내고서야 모든 서류 정리를 마칠 수 있었다.

이제 한 달 동안 여행할 수 있게끔 보험을 연장했으니, 9월초까지 유럽을 빠져나가면 되는 거다. 그 다음부터는 계속 부딪쳐봐야 알겠지. 출발하기 전에 미리 알았더라면 좋았겠지만, 아무래도 스쿠터로 여행하는 사람들이 많지 않다보니까, 정보 찾기가 어려웠다. 그리고 주거지가 불분명하다보니 보험 드는 데 있어서도 쉽지 않았다.

보험 처리를 해준 중고차 수입 상사의 사장님이 캠핑카를 빌려주었다. 오랫동안 방치해놔서 곰팡이 냄새가 장난이 아니었지만, 실내에서 잔다는 것만으로도 행복했다.

우표와 의치의 나라, 리히텐슈타인
Liechtenstein

스위스를 출발해 알프스 산맥을 따라 스위스와 오스트리아 사이의
리히텐슈타인에 도착했다. 스위스와 리히텐슈타인은 각별한 사이로 특별히 국
경 표시가 없다. 몇 년 전에는 스위스의 군대가 실수로 리히텐슈타인을 넘어갔을 정도
라고 한다. 제주도보다도 작은 나라이지만, 1990년 UN에 가입한 엄연한 주권 독립 국
가다. 그렇게 작은 나라도 평화를 보장받고, 조화롭게 존재하는 모습은 유럽의 큰 매력
이기도 하다.

리히텐슈타인의 수도 파두츠. 도대체 이 도시에 사람이 살고 있는 걸까 의심스러울 정도로 거리는 썰렁했다. 마치 가족들이 모두 나들이 나간 집 안에 혼자 들어가 앉아 있는 기분이었다. 아무리 인구가 3만 명이고, 수도엔 5천 명 정도밖에 살지 않는다지만 정도가 심했다. 정말 거리에서 사람을 찾아볼 수가 없다. 온라인상에 올라온 사진을 봐도 사람이 찍힌 풍경은 찾아보기가 힘들다.

그럼에도 불구하고 여행객들이 리히텐슈타인에 들르는 이유는 우편박물관 때문일 것이다. 리히텐슈타인의 우표는 세계적으로 유명해 국고 수입의 3분의 1을 차지한다고 한다. 봉투에 덧붙이는 우표일 뿐이지만, 그 속에 들어 있는 그림이나 사진들은 자그마한 액자 속 그림처럼 아름답다. 작고 평화로운 이곳 사람들의 미적 감각을 엿볼 수 있는 물품이다. 그래서 이곳 우표만 수집하는 이들도 적지 않다고 한다.

Scooter Travel
Liechtenstein

리히텐슈타인에서 또 유명한 건 의치醫治다. 이 작은 나라에서 세계 생산량의 3분의 1에 이르는 의치가 생산된다고 한다.

어딘가의 치과의사가 "이 의치는 리히텐슈타인에서 만들어진 것입니다"라고 말할 것을 생각하니 웃음이 나왔다. 자동차도 아니고, 종이도 아니고, 유리병도 아니고 뭔가 독특한 수출품이 아닌가.

100원짜리 동전의 위력

아침에 일어나니 텐트 안에 물이 고여 있었다. 하루 종일 산길을 라이딩
해서 피곤했는지, 간밤에 비가 내린 줄도 모르고 잤나보다. 고도가 비교적 높다보니 안
개가 끼어 있었고, 침낭 안에는 결로현상으로 습기가 차 있었다. 대충 툭툭 털고 다시
스쿠터 위에 올랐다.

188번 도로를 타고 2시간 정도 달렸을까? 갑자기 유료 도로가 나왔다. 이 도로를 지나는 데에는 자전거는 공짜고 자동차는 11유로, 오토바이는 9유로를 내고 지나가야 한다.

"안녕."

"안녕. 어디 가?"

"난 한국으로 가고 있어. 한국이라고 들어봤어?"

톨게이트에서 일하는 청년에게 우리 돈 100원짜리 하나를 보여주었다. 그는 흥미로운 듯, 동전에 새겨진 이순신 장군을 들여다보았다.

그러더니 그는 돈을 내지 말고 지나가라고 하는 게 아닌가. 한국 100원짜리 동전 하나로 그 청년의 마음을 사로잡았던 게다. 동양 사람은 거의 보기 힘들고, 2,000m가 넘는 고산을 이런 스쿠터로 넘는 사람 또한 만나는 건 쉽지 않단다. 그리고 빅 바이크가 아니라 평범한 스쿠터였기 때문에 가능한 일이 아니었을까? 떠날 때에는 알프스 산맥의 입장 스티커, 기념품들도 챙겨주었다.

Scooter Travel

Austria

산길을 한참 달려와 오스트리아의 작은 도시에 도착했다. 거리에서는 모차르트 축제가 한창이었다. 모차르트의 음악이 귀를 사로잡았다. 이 도시에서 남쪽으로 내려가면 이탈리아의 국경에 도착할 수 있다.

알프스의 중심에 서다
Alps

186번 국도로 가다보면 유료도로가 한 군데 더 있다. 통행료가 싸진 않지만 돈이 아깝지 않은 장관을 볼 수 있다. 그 길을 보는 것 자체가 훌륭한 여행이었다. 186번 국도는 오스트리아에서 이탈리아로 넘어가는 멋진 길목 중 하나이기도 하고 진정한 알프스의 모습을 볼 수 있는 있는 최고의 루트였다. 2,500m까지 도로로 올라갈 수 있다. 삐질삐질 땀을 흘리며 높은 경사를 오르는 자전거 여행자들도 자주 볼 수 있다. 이 지역은 3,000m 고지까지는 트래킹으로 올라갈 수 있어서 트래커도 많았다.

수많은 코너와 언덕, 높은 산을 오르며 내 머리도 맑아지는 것 같다. 굽이굽이 오르며 스쿠터를 다루는 것도 많이 익숙해졌다. 선크림을 안 발라 많이 거무튀튀해지고 살이 좀 빠졌을 뿐 아직까지 이상 무!

스쿠터로 그들을 앞서나가다 두 달 전에 영국에서 했던 자전거 여행이 떠올랐다. 정말 심한 언덕을 만나면 처음엔 엄두가 안 나지만, 한 바퀴 한 바퀴 굴리다보면 어느 새 정상에 올라 있었다. 그런 쾌감은 아마도 더 느리게 한 걸음 한 걸음 옮기는 트래커에게도 마찬가지가 아닐까?

여행하는 방법은 각자 다르지만, 우리가 원하는 건 알고 보면 다 비슷한 게 아닐까 싶다. 자전거도 스쿠터도 튼튼한 두 발도 끊임없이 새로운 곳을 탐험하기를 바라고 있는 것이다.

그 대상은 사실 우리의 내면인지도 모르겠지만⋯⋯ 내가 세상의 수많은 경계들을 경험하면서 깨달은 건 아마도 내 마음의 경계들이었던 것 같기도 하다.

아찔한 라이딩의 재미

허억~ 허억~

산악지대를 연일 오르다 보니 숨이 제법 차오른다. 그래도 눈앞에 펼쳐지는 광경이 이탈리아임을 깨닫자 이내 얼굴에 미소가 지어진다. 현재 위치는 Timmels-joch, 고도 2,497m. 이탈리아에서는 비교적 고도가 높은 지역으로 오스트리아와 맞닿아 있다. 이탈리아에 왔는데 밀라노나 토리노, 베로나 같은 멋진 도시들을 안 가보냐고 남들이 묻겠지만 일단 나는 'No'라고 대답하겠다. 한국까지 가려면 기름값을 아껴야 하기 때문에. 그리고 훗날을 위해 맛있는 음식은 나중에 먹듯 남겨두기로 했다. 나는 미슐랭 지도에 표시 되어 있지도 않은 국도를 지나며 한적한 산길을 달린다.

얼핏 보면 그 자리에서 맴도는 것 같지만 나는 이 장대한 알프스 산맥을 정복하는 중이다. 자연의 힘으로 가장 높은 작품을 만든 것이 에베레스트라면, 가장 아름답게 만들어 놓은 것은 알프스가 아닐까. 단순히 오르막이라 느린 것이 아니라 나는 이 장대함에 취해감았던 스로틀을 풀고 있는지도 모른다.

나는 사실 오토바이를 제대로 배운 적도 없고 그냥 내 맘대로 타는 것이기 때문에 운전이 미숙한 편이었다. 알프스의 꼬부랑길을 오르다 보니 '마루아치 드라이빙 스쿨'이라는 운전방법을 가르쳐주는 곳에서 잠시 일했던 생각이 났다. 열아홉 살 운전면허를 갓취득한 나는 제대로 운전을 배워보겠다며 카레이싱 동호회에 가입해 운전의 묘미를 즐기곤 했다. 그때를 연상하며 아웃-인-아웃 코너링을 구사중인 태훈 군. 끝없이 펼쳐지는 운치를 감상하며 달리는 기분. 조용한 시골길을 달리는 기분이지만 평균 고도가1,000m. 이탈리아의 알프스 산을 숱하게 오르내리며 라이딩하는 재미를 만끽했다.

그러다 '아차' 하는 순간이었다. 뒤차들이 빠른 속도로 따라오는 상황에서 피로를 견디지 못하고 스쿠터를 멈추려고 길가에 세우는 중이었다. 하지만 생각보다 속도가 빨라 제동이 길어졌다. 이미 갓길로 접어든 상태라 다시 도로로 진입하려 했으나 차들은 이미 나를 추월해 도로를 채운 터라 다시 들어갈 수도 없었다. 자갈길에서 브레이크를 잡았으나 계속 미끄러지다 이내 중심을 잃고 넘어지고 말았다. 으…… 내 다리…… 스쿠터, 노트북, 카메라……

넘어지면서 몸은 튕겨져 나갔고 옛 기억들이 스르륵 필름처럼 재생되었다. 천만 다행이었다. 조금만 더 늦었으면 앞 철골 표지판에 부딪쳐 이 세상과 작별할 뻔했다. 철골 표지판까지는 2m 가량 남아 있었다.

스쿠터 여기저기에 상처가 많이 났고, 헤드라이트가 바닥에 긁혀 불빛이 조금 희미하게 보였다. 지나가던 차들이 멈춰서 괜찮은지 물어보았고, 넘어져 있는 나를 일으켜주고 스쿠터를 세워주었다. 머리가 핑글핑글 도는 것만 같아 그들에게 감사하다는 인사도 미처 하지 못하고 다시 바닥에 누워버렸다. 그들은 가던 길을 멈춘 채 나를 기다려주었다. 휴식을 취하고 정신 차린 뒤에야 나는 그들에게 고맙다는 인사를 했다. 그들이 도와주지 않았다면 아마 반쯤 기절했을지도 모른다. 그나저나 내 스쿠터……

Scooter Travel
Italy

알프스를 즐기는 사람들

검붉어진 피부, 혼미해진 정신, 왜 이런 여행을 하고 있는 걸까? 종종 의구심이 들긴 하지만 달리기를 멈출 수는 없다. 일단 집에 가야 하니까! 하지만 며칠째 산길을 오르내리다보니 비행기표를 찢은 게 후회가 될 지경이다. 하루라도 편히 자고 싶은 생각이 굴뚝같다. 제대로 씻지도 못하면서 배고프면 먹고, 졸리면 자고, 또 먹었으니 싸는 여행의 반복. 오랜 시간 계속 되는 이런 나의 못난 모험 때문인가. 때론 돈을 아낀다고 먹지도 못하고 혼자라는 무서움에 떨면서 편하게 잠들지 못한 적도 있다.

그렇지만 힘들고 슬프고 가슴 한쪽이 저려 와도 이 모험을 성공할 수 있을 거란 확신이 든다. 집에 갈 수 있을까 하는 고민과 막막함, 때로는 슬픈 감정과 울적함 따위는 내 열정 앞에서는 뻥 차버리고 싶은 작은 돌멩이에 불과하다. 절대 포기하지 않고 계속 달려주겠어!

바이크로 이탈리아를 여행 중인 두 친구 라이더. 이 아저씨들 바이크부터 복장, 짐까지 100점이다.

어느덧 또 하루가 지나가고 슬로베니아를 향해 달리고 있다. 사고로 인해 마음이 오그라들어 천천히 가다 보니 도착하려면 아직 한참 남은 것 같다. 이 작은 마을에서 슬로베니아 국경까지 지도로 보면 약 400㎞ 정도지만 높고 험한 길들이라 아무리 스쿠터라고 해도 시간이 지체되기 마련이다. 하지만 알프스에는 험한 길을 오르는 트래커들과 자전거 여행자들이 많아서 스쿠터로 오르는 것은 비교적 편한 것처럼 느껴졌다.

내가 만난 스쿠터 여행자 중에 최고령자는 이탈리아의 알프스를 지날 때 만난 스위스 아저씨였다. 오토바이가 아니라 스쿠터로 여행하는 사람은 처음 만난 거라 가던 길을 멈추고 인사를 건넸다. 그는 스위스부터 오스트리아 그리고 이탈리아를 거쳐 다시 집으로 가는 중이라고 했다.

중년을 훌쩍 넘긴 나이에 작은 스쿠터를 타고 여행하다니. 나이나 배기량은 역시 숫자일 뿐이었다. 자식도 있고 손자도 있는 할아버지 라이더지만 그의 밝은 표정과 경계 없는 대화로 정말 즐거운 시간이었다.

사진 속의 이 청년은 '투르 드 프랑스Tour de france(프랑스에서 열리는 세계적인 자전거 대회)'출전이 목표
라고 한다. 동네에서 시작되는 이 오르막은 정상까지 오르는 데 정말 쉽지 않지만 매일같이 정복중이라고 한다.

나도 저렇게 나이가 들면 사랑하는 친구들과 도란도란 이야기를 나누며 함께 걷고 싶다.

신라면으로 친구 사귀기

내가 간 곳은 이탈리아에서 다른 나라로 나가는 국경초소 중 가장 작은 곳 같았다. 역시 유럽연합의 힘인가? 제재는 그다지 심하지 않았는데 국경 경찰들이 나를 매우 의심하는 눈초리로 쳐다봤다. 아무래도 동양인이 산꼭대기의 국경을 넘는 일이 좀처럼 없다보니 그랬을 수도 있겠다. 국경은 산꼭대기에 있었고, 바람소리만 들릴 만큼 조용하고 허름했다. 내 여권을 본 경찰이 미소를 띠며 여권을 돌려주었다. 슬로베니아의 국경이었다. 지난 2004년 슬로베니아가 EU에 가입하면서 무비자로 입국할 수 있게 되었다. 여행을 떠나기 전 슬로베니아에 대한 정보를 열심히 찾아보았으나 결과는 암울했다. 한국인 중 슬로베니아를 제대로 다녀왔다는 사람을 찾긴 힘들었다. 여행 책자도 구하기가 힘들었고, 크로아티아, 세르비아, 불가리아 등 동유럽 나라들에 대한 정보가 부족해서 루트를 잡는데 고민이 이만저만 아니었다.

슬로베니아 국경을 넘는 도로는 사정이 좋지 않았다. 높은 산길이 많고 오래된 길이다 보니 중간 중간 파이고 굴곡이 심했다. 자동차로 달리는 데는 문제가 안 되겠지만, 스쿠터나 자전거 여행자에게는 난코스가 아닐 수 없다.

캠프장을 찾다가 도착한 곳은 보벡이라는 도시였다. 저녁 늦게 도착해서 자리를 깔고 지도를 펼쳤더니 원래 내가 가려던 곳이 아니었다. 하지만 슬로베니아를 제대로 찾아 들어온 것부터가 신기한 일이었다. 잘 수 있는 곳을 발견한 것에 감사해야 했다. 간만에

Scooter Travel
Slovenia

샤워를 하려고 샤워장을 찾았다. 물은 참 깨끗한데 뜨거운 물은 동전을 넣어야 사용할
수 있었다. 헝그리 청년 임태훈 절대 질 수 없다. 찬물로 샤워를 하는데 물이 어찌나 차
갑던지…… 덜덜덜 몸이, 이가 쉴 새 없이 부딪힐 정도로 추웠다. 주변이 온통 산으로
뒤덮여 있어 날씨까지 쌀쌀했다. 춥고, 배가 고팠다.

캠프장에서 저녁식사 시간은 친구를 사귀기 가장 좋은 시간이다. 특히 혼자 밥 먹는 걸 보면 누구라도 관심을 가지고 불러주기 마련이다. 천천히 몸을 녹이고, 밥을 해먹으려고 하는 데 옆 텐트에 있는 사람들이 말을 걸었다. 그들은 슬로바키아에서 온 학생들이었다. 그들은 슬로베니아 알프스 산맥을 등산도 하고 수영도 하면서 성인 수련회를 가지고 있다고 했다. 다양한 사회화 프로그램으로 30명 정도의 대학생들이 왔고 이들은 그중 한 팀이었다. 나는 단지 텐트를 그 옆에 설치했다는 행운으로 그들의 저녁에 초대받았다.

그들은 감자를 으깨고 양파와 계란을 넣어서 끓인 슬로바키아 요리를 해주었다. 한 그릇 먹고 나니 오랜만에 음식다운 음식을 먹은 것처럼 엄청난 포만감이 밀려왔다. 나름 고기도 구워먹고, 빵에 우유도 먹고, 음식도 잘 만들어 먹는다고 생각했는데, 아무래도 여럿이 신나게 만들어 먹는 음식과는 달랐던 모양이다.

나는 한국의 요리 신라면을 끓여주었다. 그런데 그들의 얼굴이 벌겋게 변하는 걸 보니 매운 걸 잘 못 먹는 모양이었다. 하긴…… 신라면이 맵긴 맵지…… 이건 뭐 라면으로 친구를 사귀는 방법 아니라 친구 떨어뜨리는 방법이라고 해야 하나? 하지만 친절한 그들은 라면도 맛있다며, 슬로바키아 맥주며, 과일, 콜라, 양주 등을 먹어보라며 주었다. 서로의 문화에 대해 아는 게 거의 없었지만, 역시 밥으로 쌓이는 정이 무섭다. 밥을 먹는 건 매우 익숙한 일이지만 누군가와 함께 밥을 먹는다는 건, 삶에서 꼭 필요한 부분을 함께 했다는 느낌을 주니까 말이다.

즐거웠던 알프스와의 이별
Good-bye, Alps⋯⋯

알프스의 정상에서 슬로베니아의 수도 류블랴나로 내려갔다.
그것으로 알프스와는 이별이었다.

류블랴나. 내가 스쿠터를 타지 않았다면 아마도 절대 들를 일이 없었을 것 같은 도시다.
달리는 내내 보이는 건물들이 단풍 물든 것처럼 빨갛다. 붉은 계통의 집들이 많아서 파
스텔 톤의 건물들이 이색으로 보였다. 수도이지만 도시가 생각보다 한적하다. 막연히
서울 같은 모습을 떠올렸는데, 슬로베니아의 '수도'의 이미지는 고고하고 아름다운 색
채의 건물들이 만들어내는 한 폭의 유화 같았다. 사람들도 그리 화려하진 않지만 이 도
시와 어울리는 '도시인'임을 느낄 수 있었다.

이곳을 구경하면서 내 고개는 내내 높은 곳을 향했다. 건축물들을 보기
위해서였다. 옛 건물들은 벽면이 벗겨져 나가더라도 하나의 예술품이었고, 신축 건물
은 옛 양식과 세련미를 융합한 새로운 양식을 창조하고 있었다.

유럽 도시들을 여행하면서 느끼는 건데 왜 한국은 옛 건축양식을
응용한 멋진 건물을 보기 어려운 걸까? 시내로 나가면 아파트 아니면 전면
유리로 도배한 곧게 뻗는 빌딩밖에 보이지가 않는다. 오래된 건물이라고 해도 시간에
따라 아름답게 변해가는 건데, 그런 걸 생각하지 않는 한국의 건축을 생각하니 괜히 마
음이 답답해졌다.

information
for scooter
travelers
985003
985003
W.T. Rogers Company

유럽에서 국경 넘기

2008년 현재 유럽연합(EU)에 27개의 국가가 가입해 있다.
EU 가입국의 경우에는 비자가 없어도 국경을 넘을 수 있다.
줌머로 유럽을 여행할 때 룩셈부르크 국경에서 만난 한 벨기
에인은 집은 벨기에에 있고, 직장은 룩셈부르크에 있어 매
일 아침, 저녁으로 국경을 넘나든다고 했다. 물론 스쿠터로
유럽지역의 국경을 넘는 것은 정말 쉬운 일이다. 하지만
보험에 가입되어 있지 않으면 통과시켜주지 않는다. 나의
경우에는 독일에서 어렵지 않게 보험에 들었지만, 외국인
이기 때문에 보험 연장하는 것이 쉽지 않았다.

유럽연합가입국

그리스, 네덜란드, 덴마크, 독일, 라트비아, 루마니아, 룩셈부르크, 리투아니아, 몰타, 벨기에, 불가리아, 스웨덴, 스페인, 슬로바키아, 슬로베니아, 아일랜드, 에스토니아, 영국, 오스트리아, 이탈리아, 체코, 키프로스, 포르투갈, 폴란드, 프랑스, 핀란드, 헝가리

유럽에서 기름 넣기

유럽의 대부분의 국가에는 여러 가지 기름이 있다. 주로 '벤진'이라 일컬으며, 92, 25, 97 정도로 나뉜다. 나라마다 기름값이 조금씩 차이가 나는데, 한국과 비슷한 수준이다. 일반적으로 직접 주유를 하고, 계산은 카운터에 가서 한다. 나는 최대한 저렴한 곳을 찾아서 95나 92를 넣었다.

Scooter Traveler

IELAND
UNITED KINGDOM
GERMANY
POLAND
UKRAINA
LIECHTENSTEIN
SWISS AUSTRIA
FRANCE
SLOVENIA
RUMANIA
CROATIA
ITALY
SERBIA
BULCARIA
SPANIN
CREECE
TURKEY

part 3

마음을 열고, 낯선 세상을 포옹하다

: 크로아티아, 세르비아,
불가리아, 그리스

AFGHANISTAN

CHINA

PAKISTAN

아드리아해의 문화,
크로아티아 *Croatia*

크로아티아는 아직 우리에게 낯선 나라이지만 넥타이와 볼펜이라
는 대단한 발명품이 있다. 타국의 침략이 많아 아군임을 표시하기 위해 만들었
던 것이 넥타이인데, 현재는 직장인들이 출근할 때 착용하는 필수품이 되어버렸다. 자
국 내에서 국호는 헤르바츠카, 국제적으로 통용되는 국호는 '크로아시아'다. 우리가
발음하는 '크로아티아'는 일본식이라고 한다.

크로아티아의 수도 자그레브에 도착했다. 가는 동안에 교차로가 많았는데 횡단
보도나 신호등이 없어서 엉덩이에 긴장을 팍 주고 조심조심 달렸다. 수도로 가는
길이 이런데 다른 길들은 오죽하랴. 도로 상태도 그다지 좋지 않고 공사 중인 비
포장길도 종종 있었다. 이곳만의 룰이라도 있는 듯 사고 없이 좌회전, 혹은 직진
을 하는 게 신기하기만 했다. 아무리 그래도 어떻게 수도에 신호등이 없을 수 있
단 말인가. 놀라웠다.

시내에 들어가니 도시 벽에 낙서들이 무척 많았다. 게다가 도시 초입에
는 뭔지 모를 어수선함까지 풍기고 있었다. 약간 어두운 분위기를 자아내는 자
그레브 시내 여기저기를 둘러보며 한적한 일요일 오후를 보냈다.

시내 안으로 들어가니 멋진 궁전과 크로아티아 국립극장도 있었다. 화원의 꽃들이며
방문객들의 눈을 사로잡는 이곳은 유럽 중세 모습을 제대로 재현하고 있는 듯했다. 이
곳저곳 둘러보며 사진을 찍고 있는데 어떤 아줌마가 나에게 스쿠터를 타고 왔냐고 물어
보았다. 말은 안 통했지만 그녀가 스쿠터를 타보고 싶어 하는 것 같아서, 한번 타보라고
손짓을 했더니, 스쿠터에 폴짝 올라가 포즈를 취하는 모습이 개구쟁이 같았다.

크로아티아 사람들은 동양인에게 호의적이다. 길을 가다보면 가끔 "안녕"하면서 인사를 건네기도 하고, 호기심 어린 표정으로 말을 거는 사람들도 있었다. 나중에 알고 봤더니 이곳에 거주하는 한인이 겨우 20명 내외라고 한다. 이 호기심과 친절은 어찌 보면 크로아티아 관광의 장점이기도 하다.

나는 가지 않았지만 사람들이 추천하는 루트는 아드리아 해안을 따라 북과 남을 잇는 여행이라고 한다. 다음에 크로아티아를 다시 온다면 정말 멋지다는 아드리아 해안을 가볼 생각이다. 오죽하면 아드리아해를 '지중해의 보석' 이라고 하겠는가.

내 스쿠터를 살 수 있겠냐고 물어봤던 아저씨. 그럼 난 집에 어떻게 가라고요?

수면제 샌드위치

자그레브를 떠나, 잠잘 곳을 찾아 달리기 시작했다. 그러다 우연히 시야에 스친 호스텔 간판을 보고서 멈추었다. 크로아티아에서 묵는 첫 잠자리이니 만큼 신경이 쓰였다. 방이 있는지 물어보니 지배인이 전기가 안 들어오지만 손님은 받는다고 했다. 하지만 가격은 25유로. 너무 비쌌다.

캠핑을 할 수도 있었지만, 슬로베니아부터는 웬만하면 실내에서 자려고 했다. 특별히 도난의 위험이나 치안에 이상은 없겠지만, 잘 알지 못하는 나라였기 때문에 만에 하나 생길 수 있는 사고에 대비해야 했다.

다행히 멀지 않은 곳에 싼 호스텔이 있어서 쾌재를 부르며 하루 머무르기로 했다. 정말 어렵게 깎고 깎아서 10유로를 지불했다. 너무 싸게 했나? 인상이 조금 무서워 보이는 지배인이 밥은 먹을 거냐고 묻길래 나는 돈을 아껴야 해서 슈퍼에서 빵이나 사먹을 거라고 대답했다. 그런 내가 재미있었는지 그는 샌드위치를 두 개 만들어 주었다.

어디선가 '남이 주는 거 덥석 잘못 먹었다가 안에 수면제가 들어서 짐을 털리는 수가 있다'고 들은지라, 지배인 인상이 좋지 않았던 게 계속 머리에 남아 먹을까 말까 고민을 했다. 하지만 그러기엔 배가 너무 고팠다. 일단 한 입 베어 물었다.

갑자기 후회가 밀려들었다. 그의 성의를 모르고 의심했던 내가 한심하게 느껴졌다. 정말 맛있게 크로아티아식 햄치즈 샌드위치를 몽땅 해치우곤 뜨거운 물에 샤워를 했다. 음식의 소중함, 물의 소중함. 그보다 더 큰 내 존재의 소중함을 깊게 느끼며 스르르 잠들었다. 어쩌면 샌드위치에 진짜 수면제가 들어 있었을지도……

우리가 서로에게 해줄 수
있는 건 이것 뿐

세르비아의 찌는 듯한 더위를 어떻게 이겨낼 것인가? 무턱대고 떠
오르는 태양을 따라 동쪽으로 가는 일도 쉽지만은 않았다. 헬멧 안
으로 땀이 가득 차고, 햇볕이 긁어댄 얼굴이 따갑다.

아침부터 부리나케 달려 200㎞쯤 달렸을까, 잠시 더위를 식히려고 휴게소 주차장에 들
어갔다. 잠시 쉬고 있었는데 갑자기 왼쪽에 있는 카센터의 아저씨가 나오더니 수건으
로 내 헬멧과 스쿠터를 닦는 게 아닌가? 나는 그의 행동에 놀라 그냥 쳐다보고만 있었
다. '혹시 무언가를 바라고 한 걸까?' 하는 생각을 가볍게 무너뜨리며, 그는 내게 한번
웃어 보이더니 카센터 앞에 있는 의자에 가서 앉았다.
나는 그를 따라가 — 말은 통할 리 없으니 — 헬멧을 들고 엄지손가락을 들어 보였다. 그
는 내 제스추어를 보며 그냥 웃고 있었다. 잠시 후에 옆에 있던 청년이 나를 뚫어지게
쳐다보다 다가왔고 아저씨 옆에 앉았다. 나는 말없이 그들을 향해 사진을 찍자고 카메
라를 들어보였다. 아저씨는 고개를 끄덕이며 좋다고 했다. 나중에 사진 찍은 걸 액정으
로 보여드리니 재미있는지 손을 한번 꼬옥 잡아주었다.
대화도 한마디 나누지 못했지만, 우리가 서로에게 해줄 수 있는 건 그것뿐이었던 것 같
다. 어떻게 생각하면 자신과 아무런 상관도 없는 지나가는 행인일 뿐인데, 먼저 베풀 줄
아는 마음이 너무 아름다웠다. 너무도 태연하게 내 스쿠터를 닦아주던 모습이 가끔 떠
오른다. 그날의 마음까지도⋯⋯

세르비아-몬테네그로는 2003년 2월 4일 유고슬라비아 연방공화국으로부터 독립했고, 2006년 6월 5일 세르비아와 몬테네그로로 분리되었다고 한다. 내가 들렀을 때는 독립한 지 얼마 안 되었을 때라 정체기에 있다 보니 여기저기 군인들과 경찰들이 거리를 활보하며 검문을 하고 있었다. 사실 여행을 다닐 때는 두 나라로 분리되었다는 걸 크게 실감할 만한 일이 별로 없었다. 아마도 우리나라를 여행하는 여행자들도 미리 정보를 가지고 온 게 아니라면 나처럼 정치적 문제에 대해서 크게 느끼지 못할 것 같다.

잊혀지지 않은 전쟁의 상처

세르비아의 수도 베오그라드에 도착했다.

스쿠터를 타고 신기한 듯 여기저기 둘러보는 나에게 사람들이 눈길을 주기 시작했다.

아시아인이 많지도 않은데다 스쿠터를 타고 있으니 무슨 외계인처럼 보였던 모양이다.

예전에 론리 플래닛에서 읽은 내용 중에 동유럽, 세르비아 쪽에 미
녀들이 많다는 이야기가 기억이 났다. 나는 거리를 유심히 살펴보기 시작했
다. 소심하게도 난 미녀들을 눈으로만 즐기고 사진을 몇 장 찍지 못했다. 외국에 나가서
변태란 말은 들을 수 없지 않은가? 여자들도 그렇지만 남자들의 경우 얼굴은 몰라도 덩
치가 좋아서 예전 이탈리아 마피아들이 세르비아에 와서 조직원으로 데려갔다고 하니
괜히 껄떡대다가는 한 대 맞을 수도 있겠다. 조용히 지내야지.

여기저기 돌아다니면서 보니 폐허가 된 건물이 한두 군데가 아니었다. 아무래도 전쟁으로 인해 건물 일부가 무너진 것 같은데, 나라 사정이 그리 좋지는 않아서 아직 복구하지 못하고 있는 것 같았다. 여전히 안정적이지 않은 정치적 상황 탓인지 곳곳에 군인들이 있었다. 무너진 건물을 찍기 위해 사진기를 집어 들었을 때, 갑자기 군인들이 다가왔다. "여기서 사진 찍으면 안 돼." 알아듣진 못했지만, 이렇게 말하지 않았을까?

그것은 유고슬라비아 국방부 건물이었던 것이다. 나중에야 이 사실을 알게 되었다. 명랑한 옷차림으로 사진을 찍어도 뭐라고 했을 것 같은데, 내 모양새가 워낙 헝그리해서 그들이 더 경계를 했던 것 같기도 하다. 잡혀가지 않으려면 조용히 물러나야지.

시골길을 달리다보니 물 살 곳을 찾기가 쉽지 않았다. 차가 거의 다니지 않는 도로변에서 과일 파는 아저씨에게 가서 자두를 사먹었다. 1,200원에 10개 하던 꿀맛 자두. 허겁지겁 앉은 자리에서 다섯 개 먹고 나서 화장실로 직행!

Part3. 마음을 열고, 낯선 세상을 포옹하다

밤이 조금씩 깊어가는 가운데 베오그라드에서 다음 목적지인 니슈를 향해 떠났다. 니슈는 불가리아, 몬테네그로, 슬로베니아로 갈 수 있는 일종의 교통의 요충지이기 때문에 여행자들이 지나가는 경우가 종종 있다. 베오그라드에서 니슈로 가는 도로의 상태는 그리 썩 좋지는 않지만 달리는 데는 문제없었다. 그런데 도대체 말이 통하지가 않는 거다. 큰 마켓에 가도, 작은 구멍가게에 가도 한참 손짓 발짓을 하고난 뒤에야 계산을 마치고 나올 수 있었다. 하지만 답답하다기보다는 어떻게든 통했다는 쾌감이 나를 더 자극했고 서로 미소를 건네며 소통의 쾌감을 느꼈다.

도로에는 차들이 매연을 마구마구 뿜어내고 있었다. 한국의 70년대와 닮은 모습, 여기저기서 그들의 시선을 느꼈지만 소박한 사람들을 만나볼 수 있었고, 니 슈로 가는 길의 도로 표지판들은 그나마 영어로도 표지가 되어 있어 알아보기 쉬웠다. 고고씽!

세르비아에서 불가리아로 가는 국경에서, 국경 경찰이 ID카드, 면허, 여권, 오토바이 서류를 모두 요구했다. 물론 다 가지고 있으니 다행이었지만 나는 혹여나 불가리아로 못 들어가는 건 아닌가 걱정했었다. 이내 OK 사인이 떨어졌고 내 여권에 도장을 쾅 찍어주었다. 키릴문자로 씌어진 낯선 도로 표지판이 가장 먼저 날 맞이했다.

A형 태훈이

국경을 넘어 이름도 어여쁜 불가리아의 수도 소피아에 도착했다. 어렸을 때 불가리스라는 요구르트 광고를 본 적이 있다. "불가리스~"하면서 끝나는. 요구르트를 많이 먹어서 일까? 불가리아에는 미인들이 많았다. 거리의 분위기는 다른 동유럽 국가들에 비해 쾌활해 보였다. 거리에서 음악이 울려 퍼지고, 페스티벌이 열리고 있었다. 시내에 들어서자 많은 사람들이 쇼핑도 즐기고 어느 정도 여유를 만끽하는 모습을 볼 수 있었다. 왠지 여기에선 긴장했던 내 마음이 조금 풀어질 수 있을 거란 생각이 들었다.

소피아에서 엔진오일을 교체하려고 오토바이 매장을 열심히 찾았으나 결국 찾지 못했다. 오토바이를 타는 사람들도 별로 보이지 않았고 물어볼 타이밍을 잡지 못했는데 시내 외곽을 돌다가 그만 길을 잃고 말았다.

그때, 길가에 오토바이를 타고 있는 청년이 눈에 띄었다. 다가가서 열심히 영어로 엔진오일이라고 말하며 오토바이 수리 매장은 어디에 있냐고 물어보았지만 안타깝게도 그는 영어를 할 줄 몰랐다. 오토바이를 탄 청년은 자기를 따라오라며 골목으로 나를 데리고 갔다. 혼자 돌아 나오지 못할 것 같은 길로 들어서자 A형의 소심함이 갑자기 고개를 들었다.

'설마 날 이상한 데로 데려가는 건 아니겠지?'

여행하면서 안 좋은 일들을 겪은 사례들을 많이 듣다보니 나도 모르게 몸을 사리게 되었다. 한참을 따라가다가 그냥 돌아서 가버릴까 하는 생각을 했지만, 늘 그랬듯이 좋은 사람일 거야, 스스로를 다독이며 계속 따라가 보았다. 그가 도착한 곳은 약간 허름한 집이었다. 그 청년은 친구로 보이는 다른 청년을 소개시켜주었고 우리는 그제야 느릿느릿 이야기를 나눌 수 있었다.

"오일을 갈고 싶은데, 어디로 가야 할까?"

청년은 내 스쿠터를 살펴보더니, "아직 안 바꿔도 돼. 더 달려도 괜찮을 거야"라고 말했다.

말이 잘 통하지 않아서 영어 단어 몇 마디로 이야기를 나누었는데, 그게 그들은 흥미로웠는지 나에게 자신들의 집에서 자고 가라고 했다. 하지만 나는 왠지 겁이 났다. 이후의 여행에서도 그런 호의를 받은 적은 몇 번 있었지만, 그때는 그렇게 절박한 상황이 아니었던 것 같기도 하고. 사실 잘 알지도 못하는 남자만 둘 있는 집에서 잔다는 게 괜히 부

담스럽기도 했다.

혼자 여행을 하다 보니 스스로 내 자신을 지켜야 했기에 사람들을 온전히 믿기만 할 수가 없었다. 지금 생각해보면 그냥 단순한 호의였을 텐데, 내가 너무 민감하게 굴었나 싶기도 하다. 낯선 곳에서 마음을 여는 것과 나를 지키는 것 사이의 균형을 잡는 일은 생각보다 쉽지 않은 것 같다.

조금은 무서웠던 세르비아 친구들. 여행이 끝난 뒤 잘 도착했다는 안부와 우리가 함께 찍은 사진을 메일로 보내주었다.

난! 집으로 가야 해
I must Go Home!

도대체 얼마나 달려야 집까지 갈 수 있는 걸까?

여행이 세 달째 접어들면서 제대로 씻지도, 먹지도, 쉬지도 못했다. 모든 것이 다 즐겁다고 하면 거짓말인 것 같다. 낮에는 더위와 싸우고 밤에는 추위와 싸워야 한다. 하지만 난, 집으로 가야 한다. 사랑하는 가족들과 친구들을 만나고 싶다.

나는 지금 불가리아 중부 동쪽에 위치한 플로디프라고 하는 도시에 가는 중이다. 불가리아는 수도인 소피아를 제외하고는 비교적 큰 지방이라고 해도 도시의 느낌이 나지 않는다. 포장도로를 열심히 달리다가 갑작스레 비포장도로가 나오면 온몸 구석구석이 긴장되기 시작한다. 몇 시간 동안 엔진소리를 들으며 자갈을 피하느라 눈에 힘을 주고 달렸더니, 눈이 빠질 듯이 아프다.

가로등도 없는 국도를 몇 시간이나 달렸지만 하루 내내 변변찮게 쉴만한 곳을 찾지 못했고 목표로 두고 있던 플로디프까지는 여전히 거리가 남아 있었다. 며칠째 마켓에 들르지 않아서 비상식량도 거덜났는데, 아무도 없는 들판 한가운데에서 텐트를 치고 잘 생각하니 눈앞이 깜깜했다. 그때 멀리서 빨간 불빛의 자동차가 점점 가까이 다가오더니 2명의 경찰관이 내렸다. 나는 잠시 쉬고 있다는 시늉을 해보였다. 그런데 그들은 나에게 경고를 하는 게 아니라, 무언가를 가르쳐주려고 하는 것 같았다. 세르비아의 경찰을 만났을 때와 달리 경계하는 느낌이 들지 않았다.

서로 알아듣지 못하는 말들이 오가던 중 '모텔'이란 말을 알아들을 수 있었다. 경찰차의 붉은 불빛이 돌아가는 가운데 그들은 내게 통하지도 않는 언어로 플로디프 초입의 가까운 모텔의 위치를 땅바닥에 그리며 설명해주었다. 그 곳은 장거리를 운행하는 트럭들이 자주 머무는 곳으로 저렴하고 이런 어두컴컴한 곳에서 자는 것보다 따뜻하고 안전할 거라고 했다. 아니, 그랬을 것이다. 나는 한국말을 썼고, 우린 웃으며 대화를 나누었다.

장기간 여행을 하면 오감이 발달하는 것일까? 알아듣진 못해도 느낌으로 대충 상황이 이해가 되곤 했다. 그들과 헤어지고 30분쯤 달렸을 때, 드디어 모텔을 찾았다.

Scooter Travel

Bulgaria

모텔 메리타
Motel Merita

빈방이 있다. 있을 것이다. 없을 리 없다. 있다.

그렇게 점치며 달리다가 찾은 모텔 메리타는 고시원처럼 방이 꽤 많았다. 그런데 하루 묵어가는 데 30유로란다. 불가리아는 EU에 가입한 지 얼마 되지 않았기 때문에 외국인이 찾아오면 무조건 가격을 세게 부르는 편이다. 하지만 지방도시인데다 불가리아에서는 원래 물가가 높지 않기 때문에 협상이 가능할 것 같았다.

나는 '스튜던트, 스튜던트'를 외치며 불쌍한 척도 해보고, 세계 어디서나 통하는 살인미소를 한방 날려주었다. 나의 살인미소가 통한 것일까? 하하, 15유로에 하룻밤을 보낼 수 있게 되었다. 크게 진상을 부리지 않고도 이 정도의 가격 협상은 가능한 곳이 꽤 있다.

뜨거운 물로 샤워도 하고 간만에 달랑 두 장 있는 팬티도 빨았다. 뜨거운 물이 얼마만인지 샤워실에서 나오기가 싫었으나 여지없이 오늘도 배꼽시계가 울려주신다.

식당으로 내려가니 가격 흥정을 하며 인사를 나누었던 주방장 아저씨가 호탕한 웃음으로 맞아주었다. 하루의 긴장이 풀리는 그런 웃음이었다. 많이 달라는 시늉을 했더니 나 같은 먹보도 해치우기 힘들만큼 어마어마한 양이 나왔다. 야채 샐러드와 치즈로 입맛을 돋우고 빵과 메인 음식이 나왔다. 야채를 요구르트에 찍어 먹는데, 한국의 요플레와는 달랐다. 달지 않고 시큼한 게 샐러드와 곁들여 먹으니 그 맛이 일품이었다.

주방장 아저씨는 맛있게 먹는 내 모습이 보기 좋으셨는지 연발 옆 테이블의 아저씨들에게 뭐라뭐라 말하는 것 같았다. 옆 테이블에 앉아 있던 아저씨들은 트럭에서 먹고 자면서 동—서유럽을 이어 터키까지 물건을 운송하는 트럭 노동자였다. 그들은 불가리아가 음식도 맛있고 살기 좋은 나라라고 말했고, 여기 술을 먹어보는 것도 나쁘지 않다며 내게 술을 권했다. 소주잔보다 약간 작은 데낄라 한 잔 정도의 술인데 도수가 꽤 높은 거 같았다. 한 잔 쭈욱 들이키고 닭꼬치 하나를 요구르트에 묻혀 씹었다. 한 잔 마셨을 뿐

인데 몸이 붕 뜨는 것 같고 알딸딸했다.

말은 잘 통하지 않았지만 쾌활한 사람들과 함께하며 밤을 보내는 것도 나쁘지 않았다.

그가 누구인지도 모르고 말도 잘 안 통하지만 그냥 여행하다보면 그런 사람이 있다. 왠지 마음이 잘 맞는 사람.

가끔 사진들을 보다가 아저씨들의 얼굴이 스쳐갈 때면 그들도 아직 날 기억할까 사뭇 궁금해진다.

스쿠터를 밖에 주차해서 약간 조마조마했다. 자기 전에 스쿠터가 도난당하지 않도록 신경 좀 써달라고 전날 밤에 모텔 직원에게 부탁해두었다. 그 직원은 밤새 스쿠터가 이상 없도록 봐줄 테니 걱정 말라고 했다. 난 그가 정말로 그렇게까지 신경 써줄 거라고 생각하지 않았다.

그런데 다음날 아침, 스쿠터가 있는 곳으로 가보니 정말로 그가 스쿠터 주위에서 경비를 서주고 있는 게 아닌가. 괜히 미안한 생각이 들었다.

나에게 스쿠터가 얼마나 소중한 존재인지 그는 알고 있었던 걸까? 그는 정말 아무런 대가도 바라지 않고, 나의 두 바퀴를 보살펴 주고 있었다. 기분이 참 이상했다. 고맙다는 말로는 설명되지 않았다.

반면에 내가 그에게 해줄 수 있는 것은 없었다. 떠나기 전에 그가 스쿠터를 타고 있는 사진을 한 장 찍어주는 것밖에는. 사진 속에서 여행의 주인공은 내가 아니라 그다. 사진 속의 그가 조금은 행복해 보여서 다행이다.

저 멀리 그리스가 보인다. 온통 붉은 벽돌 지붕이다. 그리스로 통하는 불가리아 동쪽으로는 작은 마을이 많았다. 한적한 도로에 소들이 질러놓은 응가를 피하느라, 비포장도로에서 조심조심 달리느라, 졸 틈도 없이 그리스에 도착했다.

Scooter Travel
Bulgaria

모든 사람들은
여행자에게 관대한 걸까?

점심을 먹기 위해 그리스 시골마을의 레스토랑에 들렀다. 쉬어가는
김에 동네 사람들에게 길을 물어보려고 했지만 역시나, 말이 통하지 않았다. 어디서 왔
냐며 묻는 것 같아서 "꼬레, 꼬레"를 외쳤고 아저씨들은 그다음 말을 잇지 못하시고
"허허" 웃기만 하셨다.

지도를 펴고 내가 가려고 하는 곳을 짚었더니, 그제서야 이해한 듯 자기들끼리 대화하기 시작했다. 어느 길로 가는 게 나은지 실랑이를 하는 것이겠지. 나는 음식을 먹으며 그들의 대화를 듣고 있었다. 이가 몇 개 빠진 웨이터와 시골 아저씨들의 대화.

카페에 앉아 음악을 들으며 쉬고 있는데 식사를 마친 한 청년이 길을 가르쳐 준다며 자기를 따라오라고 했다. 내가 가야 할 방향은 동쪽. 그는 오토바이를 타고 마을을 벗어나 다른 이정표가 있는 곳까지 나를 바래다주었다. "이 길이 바로 터키로 가는 길이야." 그는 웃으며 말했다.

여행을 하다보면 도움을 받기도, 때론 내가 도움을 주기도 한다. 대부분은 내가 특별히 잘한 것도 없는데, 사람들은 나를 좋게 봐주고, 먼저 손을 내밀어주었다. 홀로 여행하는 데 있어서 이런 친절과 호의를 적절히 받는 것이 너무나 감사하기도 하지만 때로는 부담이 될 때도 있었다. 내가 그들로부터 물질이든 마음이든 배우고 받은 만큼 나도 그들에게 무언가 해주고 싶었지만, 가진 게 별로 없는 여행자인지라 그렇게 자꾸만 받을 수밖에 없는 게 미안하기도 했다.

스쿠터가 좋은 이유

스쿠터의 장점은 꽤나 많은 편이다. 연비가 좋아 유류비용이 절감되고 기타 소요비용이 절감된다는 것. 물론 단점도 있다. 자동차에 비해서 탑승자가 외부로 노출되어 날씨에 민감할 수밖에 없다는 점이다. 비나 눈이라도 오면 정말 달리기 싫어지기도 한다.

유럽에서 자동차를 주차하기란 전쟁과 다름없다. 집을 나서면 대부분 유료주차장을 이용해야 한다. 혹여나 무임으로 주차했다가 걸리면 상상을 초월하는 벌금을 내야 한다. 하지만 스쿠터를 주차하기는 한국처럼 편리하고 쉽다. 유럽에서 스쿠터를 타며 주차비를 내 본 적이 한번도 없으니 말이다. 자전거 주차장이나 잠시 길가에 세워놓아도 뭐라고 하는 사람이 없다.

캠핑의매력

한국과는 다르게 유럽에서는 어디서든 캠프장을 쉽게 만날 수 있다. 만약 당신이 유럽 배낭여행을 떠날 것이라면 간단한 캠핑용품을 챙겨보는 것도 나쁘지 않을 것이다. 편의성이야 각자 느끼는 바가 다르겠지만, 나름 운치를 즐길 수 있을 것이다. 내가 찾은 캠프장들은 호수 바로 앞에 있어서 습기가 많고 주위가 시끄러운 편이었지만 덕분에 멋진 풍경을 감상할 수 있었다. 게다가 다른 여행객들과 만날 수 있고, 여행 경비까지 아낄 수 있으니 일석삼조가 따로 없다.

Scooter Traveler

ELAND
UNITED KINGDOM
GERMANY
POLAND
UKRAINA
LIECHTENSTEIN
SWISS   AUSTRIA
FRANCE
SLOVENIA
RUMANIA
CROATIA
ITALY
SERBIA
BULCARIA
L. SPANIN
CREECE
TURKEY

같은 시간, 같은 길을 가는
여행이란 이름의 친구

: 터키

AFGHANISTAN

CHINA

PAKISTAN

까다로운 동양인 여행자
Turkey

터키로 간다. 드디어 유럽을 벗어나 중동지역에 들어서는 것이다.
그리스 국경을 지나 터키의 국경까지 가는 데에는 큰 문제가 없었다. 그러나 터키에 들어
가는 것부터 시작하여 첩첩산중의 문제가 기다리고 있었으니…… 아, 그 놈의 카르네!
카르네carnet는 세관검사 시 제출하는 무관세 통행증을 뜻하기도 하는데, 국제적인 전시
회나 박람회에서 전시용품 등을 일시적으로 반입할 때 수입세 면제와 통관절차의 간소
화를 위한 것이다. 따라서 자동차나 오토바이 등이 국경을 넘을 때에 필요한 서류 중에
하나인 것이다.

터키에서 입국 서류를 작성하고 통과하는 데 2시간이 넘게 걸렸다. 카르네도 없이 동양
의 젊은 외국인이 고속도로도 아닌 변두리 국도로, 게다가 오토바이 허가를 받아서 여
행을 한다고 하니 대부분 그리스 사람들만 지나다니는 국경사무소에서 나는 까다로운
대상이었다.
여권 기입은 물론, 터키에서 운전하기 위해 필요한 등록과 터키 법에 따른 절차를 처리
하기 위해 사무실을 스무 번은 족히 옮겨 다녔다. 작은 스쿠터라 문제없을 거라고 말했
지만 그들 입장에서는 만에 하나 생길 사고가 걱정이었나 보다. 한참 인터뷰를 하고 상
관들과 대화를 나눈 뒤에야 드디어 입국 허가가 떨어지고 터키 땅을 밟을 수 있었다.

아, 터키.
형제의 나라여!

이제부터 본격적인 중동아시아로 접어들었고 총 여행의 1/3을 넘어섰다. 들뜬 기분을 가라앉히지 못하고 터키 땅을 달렸다. 그리스와 터키 국경 사이에 있는 터키 초입의 도시로 들어서자 사람들이 많았고, 뭔가 북적이는 분위기가 느껴졌다. 아무래도 앞으로 엄청난 일들이 벌어질 것만 같았다.

국경에서 이스탄불까지는 300㎞나 떨어져 있었다. 불가리아에서는 사람들과 마주칠 일이 없었는데 터키는 달랐다. 이스탄불까지 가는 동안 마주친 사람들은 내게 관심을 보였다. 약간 쏘아대듯 말을 거는 게 다혈질 같은 느낌이었다고나 할까. 아니면 밝은 느낌이라고 해야 할까? 동부 유럽의 분위기는 침착하고 수줍음도 있고 조용했기 때문에 그 지역을 지날 때는 조용히 생각할 시간이 많았다. 반면에 터키는 초입에 들어서자마자 분주한 분위기가 느껴졌고, 교통도 번잡하며 사람들도 많고 시끄러웠다. 나도 그대로 터키의 분위기에 휩싸여 가지 않을 수 없었다.

오! 형제여, 엔진오일이……

이스탄불로 가는 길은 지형이 험난하진 않았지만 생각보다 고도가 높은 편이었다. 산이 많고 중간중간 사막도 보였다. 물론 여기까지 온 것도 나에게 있어서 큰 모험이고 장거리 여행이었지만 터키에서 2,000km 넘게 달릴 생각을 하니, 기분이 들떴다.

어느 휴게소에 들러서 식사를 하고 있는데, 허름한 옷차림의 식당 주인이 내 스쿠터의 이상한 점을 발견하고는 말을 걸었다.

"마후라 쪽의 나사가 풀려 있네. 음. 걱정 마. 내가 조여줄 테니까 밥 먹고 있어."

그의 친구로 보이는 한 아저씨가 공구를 가져와서 이래저래 뚝딱뚝딱 훌륭한 솜씨로 볼트를 달아주었다. 아무튼 시작이 좋은 날이었다.

아무래도 엔진오일을 갈아야 할 때가 온 것 같았다. 마지막으로 엔진오일을 갈았던 게 언제인지, 기억이 나지 않았다. 불가리아나 세르비아에서는 마땅히 엔진오일을 교환할 만한 곳을 찾지 못했다. 물론 이스탄불에 오기 전 국경 근처에서도 마찬가지. 3,000km 이상은 달린 것 같은데, 그대로 가다가는 급한 순간에 무슨 일이 날 것만 같았다. 혼다 매장을 찾아보려고 돌아다녔지만 결국 찾지 못하고, 아무 데나 가서 엔진오일을 교환하기로 했다.

아저씨와 말은 통하지 않았지만 그는 최선을 다해 내 스쿠터를 점검해주었다. 그런데 문제는 다른데서 발생했다. 4T교환용 엔진오일를 넣게 되어 있는 스쿠터에 2T소모성 엔진오일를 넣으려고 하는 게 아닌가. 옆에서 보고 있었으니 망정이지, 그냥 그대로 넣었다면…… 생각만 해도 끔찍하다.

위험하게 엔진오일도 교체했고 액땜도 했으니, 이제 뭔가 준비가 된 것만 같았다.

실크로드의 종착지, 이스탄불 바자르
Istanbul Bazar

드디어 이스탄불에 도착했다 참고로 터키의 수도는 이스탄불이 아니라 앙카라다.
처음 이스탄불에 도착했을 땐 노을이 지는 늦은 오후였는데 저렴한 숙소를 찾기가 힘들
었다. 두세 시간을 헤맨 뒤에야 그나마 괜찮은 모텔을 한 군데 찾을 수 있었다.

모텔을 나서서, 이스탄불 시내에 있는 바자르를 구경하러 갔다. 중국의 비단과 같은 물품들은 히말라야의 고원지대와 파키스탄, 이란 등의 사막을 넘어서 이스탄불에서 모인 이후, 다시 유럽의 각지로 퍼져 나갔을 것이다. 로마시대에 귀부인들의 비단 사용을 사치품으로 규정했을 정도라고 하니 당시 상황을 알 수 있을 법도 하다.

터키는 단순히 비단과 보석 등의 물품뿐만 아니라 불교와 이슬람교 같은 종교
와 건축양식, 미술 등의 문화를 받아들인 덕분에 많은 볼거리가 있는 곳이다.
유럽 혹은 아시아 한쪽으로만 영향을 받은 것이 아닌 양쪽의 문화를 조금씩 터
키의 방식으로 만들어 가는 게 참 재미있었다.

제 앞날을 보살펴주소서

어렸을 때 TV에서 차도르를 두른 이슬람 여성들을 보면, 뭔가
동떨어진 세상처럼 느껴지곤 했다. 그런데 터키는 이슬람 국
가임에도 불구하고 규제가 심하지 않고 자유로운 편이었다.
굳이 격식을 차리지 않고 일상복을 입고 차도르를 두르지 않
는 여성들도 많았다.

터키는 아랍세계에서 최초로 제정이 분리된 국가이다. 터키의 초대 대통령으로 터키의 근대화를 이룩한 케말 파샤아타튀르크는 한 때 차도르를 금지하기도 했다. 그런데 터키 여성들의 스카프에 차도르의 흔적이 남아 있는 것 같았다. 감춰진 자신의 화려한 모습들을 표현한 듯한 다양한 컬러와 무늬의 스카프들은 단순한 액세서리가 아니라 여성을 표현하는 중요한 요소인 것처럼 보였다.

나는 술탄 아흐메트 사원일명 블루 모스크에 들렀다. 그런데 모스크에는 입장이 불가능한 시간대가 있다. 이슬람교도들이 하루 다섯 번 기도를 드리는 시간이다.

블루 모스크는 세계에서 유일하게 첨탑이 6개이다. 모든 이슬람 모스크는 하늘로 솟은 탑이 2개 내지 6개인데 예전 터키의 왕이 건축가에게 황금으로 첨탑을 지으라고 하였는데 터키어로 6과 황금이란 말이 비슷하여 건축가가 잘못 듣고 6개의 탑을 쌓았다고 한다.

모스크에는 신발을 벗고 들어가게 되어 있는데, 그 전에 손발을 깨끗이 씻어야 한다. 나도 사람들이 하는 모습을 지켜보다가 손발을 씻고 사원 안으로 들어갔다.

생각했던 것보다 사원의 규모는 크고 웅장했다. 머리 위로 전구가 많이 걸려 있었는데, 그것은 코란을 쉽게 읽을 수 있게 하기 위한 것이라고 한다. 오래 전 이렇게 멋진 사원을 어떻게 만들었을까? 디자인도 그렇고 돌이나 자재운반 등 사람의 손이 필요하지 않은 곳이 없을 텐데 종교의 힘이라고 생각할 수밖에……
블루 모스크를 둘러보다가 나도 이슬람교도처럼 넙죽 큰절을 했다. 집에 무사히 돌아갈 수 있게 해달라고.

죽어도 좋아

끝이 없는 사막, 울퉁불퉁한 돌자갈길, 불빛 하나 없는 밤의 도로를 지나고서야 앙카라에 도착할 수 있었다. 터키에 가기 전까지는 터키의 수도가 이스탄불인 줄 알았다. 앙카라라는 도시가 정치적으로 성장하였을 뿐 여행지로는 잘 알려진 데가 아니었으니. 하지만 앙카라는 터키 정치의 중심이요. 중동을 잇는 열쇠다. 이유인즉 터키의 동서남북 어느 나라를 가던지 비자가 필요하다면 앙카라에 있는 대사관들을 거쳐야 하기 때문이다.

앙카라에는 20여 국가의 대사관들이 모여 있는데, 한국 영사관을 찾는 것은 생각만큼 쉽지 않았다. 오랜 시간 여행을 하다보면 방향에 대한 직감이 생기는데 큰 도시에서는 나만의 직감도 영 통하지 않았다. 돌고, 돌고, 돌다가 땀범벅이 된 후에야 한국 영사관을 찾았다. 오랜만에 보는 태극기가 어찌나 반갑던지 또 세 달 만에 내뱉는 한국어는 얼마나 어색하던지. 생각해보니 나의 긴 여정 중에 한국어로 말을 했던 건 이번이 처음이었다. 그동안 영어로 대화하며 알게 모르게 답답함과 표현의 부족함을 느끼곤 했는데 민족의 소중함이라고 해야 하나. 같은 피부, 같은 문화의 사람들을 만나니 소통이 자유롭다.

한국인 여행자들도 종종 앙카라에 오지만 다른 나라로 가기 위해 영사관에 들르는 일은 흔치 않다. 대부분의 여행 루트는 이스탄불을 중심으로 이뤄지며 나처럼 육로로 이란을 가는 사람은 극히 드물기 때문이다. 근접한 다른 나라로 가기 위해서는 비자가 필요한데 중동의 나라를 가려는 사람들은 그리 많지 않다. 굳이 아프리카나 중동 등 위험한 곳을 찾아가려고 하는 사람들은 별로 없다.

하지만 방법이 없었다.

나는 터키에서 이란을 지나 파키스탄, 카라코람하이웨이를 거쳐 중국으로 넘어가야 할 것 같았다. 아니, 그 길 뿐이다. 카자흐스탄과 러시아를 거쳐서 한국으로 갈 수도 있었지만 사실 이란과 파키스탄이 더 끌렸다. 수중에 가지고 있는 돈으로 어디까지 갈 수 있을지 도저히 감이 안 잡혔기 때문에 일단 물가가 싼 곳으로 가야 한다는 생각이 들었다. 영사관의 담당자 말로는 현재 이란의 정세가 매우 좋지 않다고 하였다. 얼마 전 한국인 여행자가 실종된 사건이 일어났고, 테러가 일어나기도 해서 혼자 가기엔 너무 위험하다며 가지 말라고 권유했다.

"하지만. 전 집에 가야 해요."

담당자는 여기까지 온 내가 대견했는지, 아니면 무작정 찾아온 내가 대책 없어 보였는지 어쨌든 허락은 해주겠지만 '죽어도 좋다' 는 서약을 해야 한다고 했다. 나는 서약서에 서명을 했다. 영사님의 허락을 받은 추천서가 있어야 비로소 비자가 발급되는데, 영사님이 출장을 가셨으니 다음날 다시 오라고 했다.

대한민국 만세! 역시 하늘은 나를 버리지 않았다. 그런데 나, 죽어도 좋은 건가?

ABDİ İPEKÇİ
DİRENİŞİNDE
106 3. GÜN

TECRİT ÖLDÜRDÜ!

HAPİSHANELERDE
122 İNSAN ÖLDÜ
DUYDUNUZ MU?
TAYAD'lı Aileler

Tecrit'e
Son!

Scooter Travel

Ancara

밤이 아름다워

영사님이 올 때까지 에너지 충전 좀 하자 생각하고, 모텔을 사흘치 예약했다. 낮에는 시내 이곳저곳을 구경하며 지냈지만 밤에는 혼자 있는다는 게 적막하기도 하고 사람이 그립기도 했다.

이틀째 되던 날, 영사님의 추천서를 받아들고, 비자를 신청하기 위해 이란 대사관에 들렀다가 자동차 여행자들을 만났다. 자동차로 여행하는 그들은 3,000원짜리 주차장을 숙소 삼아 비자를 기다리고 있었다.

그들은 50~60대 호주 부부 두 쌍과 30대 젊은 친구 셋이었는데, 지나온 여행 루트도 비슷하고 앞으로 이란을 여행할 예정이라는 공통점으로 의기투합해 같이 저녁도 먹고, 밤 늦게까지 야영을 하면서 이야기를 나누었다.

호주 아저씨 아주머니들이야 모국어가 영어라지만 독일에서 온 두 청년과 체코 아가씨, 모두 영어가 수준급이었다. 그렇다고 내가 빠질 순 없지. 각자 자기가 지나온 길들에 대한 리뷰를 하고 왜 여행을 하는가에 대한, 그리고 이런 장기여행을 하면서 있었던 일들을 이야기 하느라 얼마나 재미있던지, 모두 비슷한 루트로 오다보니 만난 풍경이라거나 에피소드가 비슷했다.

"불가리아의 울퉁불퉁한 길은 정말 ox야. 넌 더 힘들었을 것 같은데?"

"난 죽는 줄 알았지. 엉덩이가 남아나지 않을 것 같아."

"그래. 그리고 여행하는 동안 정말 조심해야 돼. 이탈리아의 시골에서는 캠핑카 안에 가스를 주입해서 사람들을 기절시킨 다음에 물건들을 다 털어가기도 한다고. 너도 스쿠터 잃어버리지 않게 조심해야 할 거야."

여행하는 동안 주의해야 할 것도 알려주고, 앞으로 들러보아야 할 여행지를 소개해주는 걸 보니, 그들은 전문 여행가 같았다. 게다가 모두 카르네를 가지고 있어서 국경을 넘는데 큰 어려움을 겪지 않고 있었다. 서양에서는 이미 자동차 여행이 일반화되어 있기 때문에, 여행에 대한 정보를 충분히 가지고 출발할 수 있었던 것이다.

그들은 캠핑카를 이용해서 여럿이 무리지어 여행을 하는데, 가장 어린 내가 혼자 스쿠터로 여행하는 게 신기해 보였나보다. 무섭지 않냐는 그들의 물음에 나는 "사랑하는 나의 고향으로 갈 뿐이야"라고 말해서 괜한 부러움을 사기도 했다.

각자 나이도 성별도 국가도 다르지만 우리는 같은 시간, 같은 길을 가고 있다는 것만으로 쉽게 친구가 될 수 있었다. 여행을 하는 사람들에게는 특별한 기운이 있는 것 같다. 여행자들의 에너지는 전염성이 강한 게 분명하다.

유 아 마이클 슈마허
You are Michael Schumacher

현재 시간 오후 두 시. 날씨가 얼마나 더우면 개까지 축 늘어져서 낮잠을 자고 있었다. 신기하게도 터키의 개들은 전혀 사납지 않았다. 덩치만 컸지 온순하기 그지없다. 나도 주유소에서 햇볕 좀 피할 겸 쉬기로 했다.

몇 달에 걸쳐서 장기간 여행을 하다 보니 짐이 많아지는 건 어쩔 수 없다. 기름 한번 넣으려면 스쿠터 뒤에 실은 짐을 다 내려야 해서 여간 까다로운 게 아니다. 그래도 한번 주유하면 200km 이상은 꼬박꼬박 달려주는 것에 경의를 표한다. 엔진오일도 제때 갈아주지 않았는데 아직까지 고장도 없고 좋은 컨디션을 유지하고 있다. 아마 오늘은 날씨가 너무 더워서 스쿠터보다 내가 먼저 뻗을 것 같다.

주변은 조금씩 어두워져가고 잠잘 곳을 찾아야 하는 데 아무리 달려도 직선으로 뻗은 이차선 도로는 끝이 보이지 않았고, 번화한 마을은 좀처럼 나타나지 않았다. 계속 직진만 해서 가다가 숙소 한 곳을 발견했다. 껌껌하니 전기나 물도 제대로 안 나오고 손님은 나 혼자일거라고 생각했는데, 운이 좋았던 걸까? 방을 배정받고 주위를 한 바퀴 둘러보는데 BMW 오토바이 두 대가 나란히 서 있는 게 보였다.

숙소의 식당에서 그 오토바이 주인공들을 만날 수 있었다. 그들은 독일의 트럭 운전사로, 2주간 휴가를 얻어 오토바이로 여행 중이라고 했다.

43도의 날씨에 스쿠터를 타는 건 정말 못할 짓이다. 너 왜 그러고 사니?
한가롭게 낮잠을 자는 저 녀석이 그렇게 말하는 것 같았다.

"헤이, 그런데 어떻게 독일 번호판을 달고 있는 거야?"

"독일에서 출발해서 여기까지 스쿠터 타고 왔어요. 난 한국까지 갈 생각이에요."

"후우. 이걸로? 대단한데? 여기까지 오는 데 얼마나 걸렸어?"

"한 달이 좀 넘게 걸렸어요."

내가 한 달이 넘게 달려온 거리를 그들은 일주일 만에 왔다고 했다. 하루 평균 1,200km 정도씩 달렸는데 고속도로를 타고 달려서 더 빨리 올 수 있었다고 한다.

서로 독일에서 여기까지 오는데 루트가 비슷했기 때문에 우리는 쉽게 공감대를 형성할 수 있었다. 그들은 BMW 1,000cc 이상의 오토바이를 타고, 오토바이 전원을 이용해서 음악도 듣고, 낮에는 유럽 내에서 쓰는 내비게이션도 활용하고 있었다.

"우와, 최첨단 여행이네."

"그래도 난 네가 더 대단하다고 생각해. 어린 나이에 너처럼 그런 경험을 하는 사람은 많지 않잖아. 게다가 집으로 가기 위한 여행이라니…… 멋지잖아?"

"원래는 자전거로 집까지 가려고 했는데, 왠지 100퍼센트 포기할 것 같더라고요. 더 좋은 오토바이였다면 좀 편했겠지만, 내 여행 자금이 여유가 없어서 이걸로 샀죠. 일단 집으로 갈 수만 있다면 된 거죠 뭐."

삼촌들은 내 얘기를 듣더니 마이클 슈마허라고 별명을 지어주셨다. 마이클 슈마허는 독일의 F1 드라이버의 자존심이다. 나에게 한국의 마이클 슈마허라고 칭송해주니 부끄러웠다.

"피곤할 텐데, 맥주나 좀 마셔봐. 꼬마 마이클 슈마허를 위해 건배하자고!"

맛있는 독일 치즈와 맥주를 곁들여 마시니 천국이 따로 없었다. 서로 안전하고 즐거운 여행이 되기를 기원하며 건배!

그날 밤에는 술기운 때문인지 아무 생각 없이 깊은 잠에 빠져들었다.

터키 여행의 동반자들

문을 열고 밖으로 나가보니 따스한 태양이 눈부시게 나를 향해 웃어보였고, 삼촌들은 벌써부터 일어나서 떠날 채비를 하고 있었다. 난 삼촌들에게 어디로 갈 거냐고 물었다. 그들은 도우베야짓으로 갈 거라고 했다. 야호! 나와 같은 루트였다.

삼촌들과 최종 목적지를 확인하고 혹여나 만나게 될 수도 있으니 기회가 닿으면 재회하기로 하고 우리는 각자 떠날 채비를 했다.

스쿠터를 타고 이동한 지 세 시간쯤 지났을 때, 주유소에서 다시 삼촌들을 만나게 되었다. 그들은 도착한 지 30분 정도 되었고 쉬는 중이었다. 그때가 마침 점심시간이었다. 혼자 여행을 하는 데다가 끊임없이 이동을 하니 누군가와 함께 루트를 공유하면서 점심을 챙겨먹을 일이 없었는데 처음으로 밥을 같이 먹을 동행자가 생겼다는 생각에 신이 났다.

삼촌들은 주유소에서 벗어나 초원 한가운데 자리를 깔았고 숙련된 솜씨로 식사 준비를 했다. 프라이팬에 양파와 소시지, 계란을 굽고 바게트도 준비하고 각종 소스들까지 알루미늄 가방에서 뭔가 먹을 것들이 끝없이 나왔다. 삼촌이 두툼한 손으로 요리하는데 솔솔 올라오는 음식 냄새가 정말 최고였다. 나는 도대체 무엇을 만드는지 궁금해서 계속 쳐다보고 사진도 찍었다. 마땅히 드릴 것이 없어서 이것저것 과일을 꺼내보였더니, 나중에 배고플 때 먹으라며 넣어두라고 했다.

숙소에서 처음 삼촌들을 보았을 때엔 군복을 입고 있는 데다가 다소 험악한 인상이라 무서웠는데, 이틀간 함께 지내다보니 그것도 내 편견이었구나 하는 생각이 들었다. 아마도 내가 스쿠터 여행이 아닌, 다른 곳에서 다르게 그들을 만났다면 이렇게 친해지지 못했을 것 같다. 우리를 이렇게 여행 동반자로 이어준 스쿠터에게 정말 고마워해야 하겠지?

최고의 점심식사를 마치고 우리 공동의 목적지 도우베야짓으로 출발했다. 내가 먼저 출발했음에도 5분이 멀다하고 삼촌들은 저 앞에서 손을 흔들며 사라졌다.

동쪽으로 갈수록 발전이 느리다. 터키의 높은 산과 사막이 그대로 보존되어 있다. 내가 지나갈 당시 E80, E88 도로가 공사중이었는데, 공사가 끝났는지 모르겠다. 포장작업이 끝나고 나면 터키-이란 간 육로 이동이 훨씬 쉬워질 것이다.

멀고 먼 도우베야짓

도우베야짓으로 가는 길은 멀고도 험했다. 터키 동쪽은 비포장길의 연속이었
다. 달리는 내내 온몸에 진동이 느껴져서 금세 피곤해졌다. 거기에 더해 갑자기
비바람이 몰아치고 소나기가 내렸다. 카메라가 젖을까 방수커버를 씌우고 추운
몸을 덜덜 떨면서 달렸다. 저 멀리 아득하게 아라랏산이 보이자, 아 이제 살았
구나, 하는 생각이 들었다. 하지만 앞으로도 한 시간을 더 달려야 한다는 걸 그
땐 미처 몰랐다.

하룻동안 달린 거리만 500㎞였다. 장거리 여행에 익숙해졌다고는 하지만 스쿠터에 짐을 가득 싣고 이 정도 거리를 하루에 가면 몸은 녹초가 되기 마련이다. 도우베야짓에 도착하여 숙소를 정하고 내심 아저씨들을 기다려보았지만 오토바이는 없었다.

Scooter Travel
Slovenia

도우베야짓은 터키 동부에서 그나마 큰 도시로 인구 10만 명이 살고 있지만 시골이나 다름없다. 하지만 사람들이 많이 찾는 이유는 바로 아라랏산이라는 터키에서 가장 높은 산이 있기 때문이다. 이 산은 성경에도 나온다고 전해지는데, 그 유명한 노아의 방주에 대한 내용이다.

한 시간쯤 지났을 때, 밖에서 오토바이 엔진소리가 들렸다. 나가보았더니 아저씨들이 들어오고 있었다. 아들 뻘인 나는 반가운 나머지 흰머리 삼촌을 힘껏 안아주었다. 그리고 숙소를 저렴하게 이용할 수 있도록 협상을 도와주었다. 그들은 이미 두 시간 전 이곳에 도착하였는데, 세차하고 주변을 돌아보다가 다른 호텔에 갔더니 너무 비싸서 여기저기 둘러보다가 내 스쿠터를 보고 이 숙소로 들어온 것이었다.

우리의 만남은 그 숙소가 마지막이었다. 그들은 아라랏산을 보고 집으로 돌아갈 계획이었기 때문에 이란으로 가는 나는 또다시 혼자가 되어야 했다. 그들은 이란이 위험하니 가지 말라고 했지만, 그럴 수는 없었다. 절대로 갈 수 없는 곳이라면 모를까, 나를 받아준다면 끝까지 가보아야 했다.

사흘 동안 삼촌들과 지내면서 유럽인에 대한 인식이 조금은 바뀌었다. 개인주의적이고 동양인을 무시하고 프라이버시가 강한 줄 알았는데 아무런 거리감 없이 자식처럼, 조카처럼 잘 대해주는 걸 보니 괜한 나의 편견이었구나 생각하게 되었다.

터키의 음식들

터키하면 케밥을 빼놓을 수 없다. 지금은 전 세계적으로, 아니 영국만 보아도 케밥은 매우 광범위하게 퍼져 있다. 간단히 먹을 수 있다는 장점이 있고, 치킨이나 소고기로 단백질과 채소들을 넣어 균형도 잘 맞는 편이다. 터키식 요구르트와 함께 곁들이면 더 담백한 케밥을 즐길 수 있다. 이스탄불에서는 주로 걸어서 다녔는데 배고플 때면 거리의 케밥을 하나씩 사먹는 재미도 쏠쏠했다.

터키식 화장실

터키의 공공 화장실은 대부분 유료였다. 들판을 지날 때면 언제든지
스쿠터를 멈추고 휙 달려가 볼일을 보면 그만인지라 크게 걱정하지 않
았는데, 도심 한가운데서 화장실이 급할 때면 대책이 없었다. 이름하야
수세식 비데. 휴지가 없었던 나는 그들의 문화를 존중하여 손으로 내
그것을 닦아내었다. 물론 왼손으로.

이슬람 문화에서 오른손은 식사를 하고 왼손은 뒷간에서 사용한다. 그
래서 악수를 할 때 왼손을 내밀어서는 절대 안 된다.

참, 화장지 없이 오리지널 수(手)세식 비데 감촉이 어땠냐구? 그건 여러
분의 상상에 맡기겠다. 상상이 안 되면 해보시든가.

이스탄불 바자르

바자르는 페르시아어로 식량을 의미하는 아바aba와 장소를 의미하는 자르zar의 합성어로 원래는 식품을 거래하
는 시장이었으나, 요즘에는 가격도 저렴하고 없는 게 없는 시장으로 각광받고 있다고 한다. 이스탄불은 아시아에
서 시작한 실크로드의 종착지로 3,300개의 상점이 있다는 그랜드 바자르와 규모는 작지만 보다 현지인들을 위한
이집션 바자르가 있다. 바자르는 물건의 가격도 저렴하고 현재까지 유지되고 있는 이스탄불의 명물이다.

Scooter Traveler

ELAND
UNITED KINGDOM
GERMANY
POLAND
UKRAINA
FRANCE
LIECHTENSTEIN
SWISS   AUSTRIA
SLOVENIA
RUMANIA
CROATIA
ITALY
SERBIA
BULCARIA
L.SPANIN
CREECE
TURKEY

p a r t 5

당신은 나의 손님입니다

: 이란

AFGHANISTAN

CHINA

PAKISTAN

스쿠터를 가지고
갈 수 없습니다

터키에서의 마지막 아침식사, 삼촌들과 함께 식사를 마치고 각자
떠날 채비를 했다. 5,000m의 산을 등지고 내가 먼저 스쿠터에 올라탔다. 삼촌들
은 세계 공용어인 엄지손가락을 번쩍 들고 '따봉'을 그리며 나에게 행운을 빌어주었다.
페르시아의 나라, 미지의 땅 이란으로 달리기 시작했다.

터키의 국경에서 여권에 출국 스탬프를 찍고 이란과 터키의 경계에 섰다. 떨렸다. 대낮
온도가 50도까지 육박하는 날씨는 과연 어떨까? 내 스쿠터가 견딜 수 있을까? 그림 같
은 페르시아 문자는 어떻게 알아볼 것이며 음식은 어떻게 시키지? 잡다한 생각이 한꺼
번에 밀려들었다. 그보다도 먼저 입국을 할 수 있는지 여부가 문제였다.

국경 앞에는 환전하라고 꼬시는 사람들이 있었다. 하지만 절대 국경을 지나기 전까지는 환전을 하지 않도록 해야 한다. 화폐 가치가 얼마나 될지 잘 모르는 상황에서 무턱대고 바꾸면 절대 손해다.

환전할 생각으로 국경 직원의 도움을 받아 커스텀 오피스로 갔고 당당하게 이란 비자를 보여주었다. 그러나 돌아온 대답은,

"카르네가 없군요. 당신의 스쿠터를 가지고 갈 수 없습니다."

아, 이럴 수가. 중동지역에 들어서면서부터는 카르네가 내내 발목을 붙잡을 것이라는 위기감이 들었다.

카르네가 없기 때문에 이란에 들어갈 수 없다는 것이다. 다행히 이란에서 따로 보험에 가입을 하면 스쿠터를 타고 여행할 수 있도록 해준다고 했다. 결국 다섯 시간 뒤에 보험을 처리해줄 사람이 왔는데, 보험료가 200달러라고 하는 게 아닌가. 앞으로 남은 여정을 소화하려면 돈을 최대한 아껴야 하는 상황에서는 꽤 큰돈이었다. 보아하니 협상이 필요할 것 같았다. 나는 불쌍한 표정으로 꼭 한국까지 스쿠터를 타고 가야 하는 데 돈이 별로 없으니 도와달라고 했다. 포기하지 않고 20여 분을 사정사정했더니 보험을 처리하던 분도 내가 지겨웠던 걸까? 90달러에 오토바이 보험을 처리해주었다.

하마터면 이란에서 스쿠터를 놓고 가야 할 뻔 했다. 역시 문제가 생겼을 때는 집요하게 물고 늘어져야 한다. 그게 내가 홀홀단신 여러 나라를 넘어 집에까지 갈 수 있었던 유일한 비결이다.

덥다. 더워도 너무 덥다. 스쿠터를 타고 달려도 후텁지근하다. 40도 이상 넘나드는 더위에 갑갑한 헬멧을 벗고 싶을 때가 한두 번이 아니다. 왜 사막에서 사람들이 긴팔을 입는 지 알 것 같다. 그리고 왜 움직이지 않고, 낮잠을 자는 지도 알 것 같다. 내가 중국에 유학할 당시에도 중국 대학생들은 점심시간에 식사를 마치고 잠시 낮잠을 자는 경우가 많았다. 짧은 낮잠은 뇌를 활성화시키는 데 큰 도움이 된다고 한다.

그들조차도 더운 이란 한가운데에 누워 낮잠을 청했다. 아무도 없는 공간에서 삼십 분쯤 잤다. 몸의 긴장이 풀리고 잠들기 전에 느끼지 못했던 바람이 내 얼굴을 스치는 듯하다.

Scooter Traveler

휘발유가 1 리터에 100원인 나라

스쿠터에 기름을 넣고 보니 1 리터에 고작 100원이었다. 터키만해도 1 리터에 2,100원 정도였는데, 이란에서는 기름이 오히려 물보다 더 쌌다. 정말 믿기지 않는 가격이었다. 아무리 석유를 생산하는 나라라도 그렇지 너무 싼 게 아닐까 생각했는데, 알고 보니 이란 정부의 저유가 정책 때문이라고 한다. 정부에서 유가보조금을 엄청나게 지원하기 때문에 경유는 거의 리터당 10원대라고 한다. 500원에 휘발유 가득 채우고, 고고씽~

이란의 기름값도 정말 놀라웠지만, 한낮의 기온도 진정 놀라웠다. 습기도, 바람도 없이 꽉 찬 더운 공기를 뚫고 달리다보면 숨이 턱턱 막히곤 했다. 땀도 많이 흘려 수분도 자주 보충해줘야 했다. 그럴 때마다 나는 물보다는 과일을 주로 사먹었는데, 어른 허벅지만한 멜론이나 머리통만한 수박이 500원밖에 하지 않았다.

500원짜리 멜론. 이놈을 도통 어떻게 먹어야 하나 고민하고 있는데, 과일가게 아들이 와서 잘라주었다.

한번은 사막 한가운데서 우연히 과일장사를 하는 형제를 만났다. 말은 안 통했지만 손짓 눈짓으로 500원을 주고 미지근한 수박 한 통을 샀다. 그들은 내가 조금 이상하게 보였나보다. 사람도 잘 지나다니지 않는 사막에 빡빡머리 한국인이 찾아와서 수박을 미친 듯이 퍼먹고 있으니…… 외계인 보듯 쳐다보는 그들에게 한번 웃어보이자 그들도 이내 미소를 보였다.

가짜 경찰에 대처하는
우리의 자세

수박을 먹고 나서, 사막 한가운데를 지날 때였다. 갑자기 속이 부글부글 끓기 시작했다.

'오우, 이런! 주유소까지만 참자.'

휘발유 가격이 너무 싸다보니 주유소도 100㎞ 내지 150㎞ 정도에 하나씩 있다. 나는 아픈 배를 움켜잡고, 괄약근을 조이며 달리고 또 달렸다. 그러나 끝내 주유소는 나와 주지 않았다. 도저히 못 견딜 지경이 되어서야 사막 한가운데에 스쿠터를 세웠다. 나는 사막 위에 쪼그려 앉았다. 차들이 많이 다니지 않는 길인데다가 코너가 있어서 스쿠터를 안쪽으로 들여놓으면 나의 존재를 크게 눈치채지 못하고 지나갈 것이라고 생각했다.

한창 힘을 주고 있는데, 스쿠터 앞의 갓길에 차 한 대가 서는 게 아닌가. 앗! 난 순간 긴
장하기 시작했고 '내 짐을 가져가면 어쩌지'란 생각에 얼른 비밀스런 일을 마치고 싶
었다. 하지만 물 먹은 수박 조각들은 계속 내 대장을 자극하며 밖으로 탈출하고 싶어 했
다. 결국 차에서 내린 사람이 내 5m 앞으로 다가왔다. 그 사람은 나를 석연찮게 쳐다보
았고, 내 스쿠터 주위를 서성거리며 뭔가 말하려는 눈치였다. 찝찝한 마음에 나는 후다
닥 처리하고 내 분신들을 모래로 덮었다.

"I am police, Give me your passport 나 경찰이야. 여권 좀 줘 봐."

영어를 조금 할 줄 아는 것 같았고, 나이는 20대 중후반으로 보였다. 그런데 복장도 길 가던 동네 주민 같고, 게다가 내 앞 가까이까지 오지 않는 게 이상했다.

'말로만 듣던 가짜 경찰이로군.'

수많은 경찰들을 만나면서 생긴 감각이라고나 할까. 나는 남자에게 가볍게 웃으며 그냥 가라고 말했다. 당연히 내가 당황해할 줄 알았을 텐데, 건방지게 나오니 인상을 쓰며 "패스포트! 패스포트!"를 외쳤다.

'이래봬도 내가 산전수전 다 겪으면서 여기까지 온 거란 말이야. 이 정도에 눈 깜짝할 거 같아?'

나는 계속 당신 가던 길 가라고 하며 손을 저었다. 그러자 그가 할 수 없다는 듯 말했다.

"I have gun 나 총 있는데."

하지만 지금까지 그가 한 행동으로 봐서 총을 가지고 있을 리 만무했다. 긴장이 안 되는 건 아니었다. 그래도 마음을 다잡아야 했다. 당황하는 순간 게임오버.

나는 두 눈을 부릅뜨며 말했다.

"Show me 있으면 보여줘 봐."

그는 알아듣지 못하는 말로 짜증을 내다가 자기 차에 돌아가서 시동을 걸고는 휑 가버 렸다. 난 그 자리에 멍하니 서 있었다.

'경찰이 경찰다워야 경찰이지.'

혹시 여행 중에 이런 일을 겪게 되면 일단 그 사람의 신분증을 보자고 하고, 혹시나 여 권을 꺼내게 된다면 사본을 보여줘야 한다.

이 사람들 참 대단하다는 생각이 든다. 사막 위에 땅을 다지고 길을 만들었다. 세 시간 넘게 달리고 달려도 똑같은 사막의 모습만 보이니, 왠지 제자리를 맴도는 기분이다. 대낮의 45도 더위가 가시고 석양이 질 무렵 나는 스쿠터를 잠시 길가에 세웠다. 온통 땀 범벅이 된 헬멧을 벗었을 때, 내 얼굴을 아련히 스치던 바람. 그 느낌 때문에 그래도 더운 길을 참고 갈 수 있었던 것 같다.

이란의 밤거리

잔전이라는 작은 도시에 도착했고 잠 잘 곳을 찾아보았다. 한 호텔로 갔는데 하루에 88달러였다. 하는 수 없이 다른 숙소를 찾다가 현지인 숙소를 발견했는데 외국인은 잘 받아주지 않으려고 했다.

우연히 한군데 찾아갔고 사정사정하여 2,500원 정도를 내고 하룻밤을 묵을 수 있었다. 음식을 사먹으려고 밖으로 나가려는데 호텔 지배인이 보디가드 겸 친구하라며 한 청년을 소개시켜 주었다. 밤에 혼자 다니면 위험하니까 같이 다녀주겠다고 했다. 청년의 이름은 아미르.

이 친구는 대학생으로 이공계열을 전공하고 있으며 나이도 비슷하고 영어도 제법 할 줄 알아서 쉽게 친해졌다. 시내를 한 바퀴 둘러보고 과일과 음료수 등 필요한 걸 샀다. 나는 아미르와 여기저기 둘러보며 이란에 대한 여러 가지 이야기를 들을 수 있었고, 내가 생각하는 것만큼 위험하지 않다는 걸 알게 되었다.

아미르와 어느 작은 찻집에 앉아 짜이를 한 잔 마셨다. 언제 그랬냐는 듯 한낮의 열기는 사라지고, 시원한 바람이 불어왔다. 아미르는 물담배를 피워보겠냐고 했다. 나는 담배를 피우지 않지만, 호기심에 한번 빨아보았다. 보글보글 피어오르는 연기에서 딸기향이 났다. 문화적 호기심에 한번 맛보았으나 나와는 별로 맞지 않는 것 같았다.

이란에 온 지 아직 며칠 되지 않아서 적응이 잘 되지 않았는데 아미르 덕분에 즐거운 구경을 했다. 내가 생각해도 난 운이 좀 좋았던 것 같다. 가만히 있어도 도와주는 사람들이 나타났고, 혼자 있었다면 결코 알지 못했을 그 나라의 생생한 이야기들을 들을 수 있었으니 말이다.

길에서 만난 모든 사람들이 나에게 호의적이었다고는 할 수 없지만, 대체로 나를 도와주고 싶어 하고 무언가를 나누고 싶어 했다. 여행하는 내내 좋은 사람들을 만나면서 내 부족한 것을 다른 사람으로부터 채울 수 있음을 느끼고 소통하는 방법을 배워갔다.

이란 친구, 무하마드의 가족
밤 늦게 혼자 식사를 하고 있는데 어느 이란 청년이 와서 나에게 말을 걸었다. 그의 가족 저
녁 소풍에 초대받아 시간이 가는지도 모르게 이야기를 나눴다. 그들은 대가족이었는데, 그의
어머니께서 나를 위해 특별히 기도를 해주신다고 모스크에 가시던 모습이 아직도 생각난다.

정말 더웠던 어느 작은 마을에서 쉬어갈 때였다. 멀리 지나가던 차가 내 앞에 서더니
한 노인이 내렸다. 차 트렁크에서 무언가를 찾더니 내게 대추 두 개와 주전부리 한 웅
큼을 주었다.

테헤란을 걷다
Teheran

한낮에 이란에서 스쿠터를 타고 돌아다니는 건 정말 미친 짓이다.
한국에서 여름에 느꼈던 더위와는 차원이 다르다. 모든 걸 이겨내며 유라시아 대륙을
횡단하겠다고 당당히 말했던 나이지만, 마음 같아서는 영화 〈점퍼〉에서처럼 순간이동
을 하거나 〈드래곤 볼〉에서처럼 근두운을 타고 날아가고 싶어진다. 한없이 남은 지도도
중간을 싹둑 잘라서 양옆을 붙여버리고 싶다.

미치기 일보 직전에 이란의 수도 테헤란에 도착했다. 확실히 도시라서 그런가 차들도 많고 북적북적한 게 사람 사는 동네 같았다. 싼 기름값 때문에 이란에는 유난히 차가 많다. 대부분 오래된 차들이기 때문에 매연이 엄청났다. 요즘 테헤란의 공해는 정말 악명이 높을 정도다. 그런 차들의 꽁무니에서 나오는 매연을 맡으며, 스쿠터를 모는 건 정말 곤혹스러웠다. 이란하면 중동의 사막만 떠올리곤 했었는데, 도시에는 역시 사람과 차가 많았다.

테헤란은 우리에게도 익숙한 도시 이름이다. 한때 테헤란로는 정보통신 벤처기업들이 모인 거리로 많은 주목을 받았다. 1977년 테헤란의 시장이 서울시와 결연의 의미로 제안하여, 서울에는 테헤란로가 테헤란에는 서울로가 생겼다고 한다. 나는 그 사실을 미처 몰라서 가보지 못했는데, 여행에서 돌아와 찾아보니 중심가에 위치한 한적한 길의 모습이었다.

이맘 호메이니 광장

타페흐 시알크 고분으로 이란의 선사시대 유적이다. 1930년대에 발견되었는데, 아직도 발굴이 진행되고 있다고 한다.

이란의 국경 지역 자헤단으로 가려면 길이 많이 남아 있었다. 나는 발걸음을 재촉하여, 이란 문화의 중심지 에스파한으로 향했다.

이란을 대표하는 아름다운 건축물 중 한 곳으로 세계에서 가장 아름다운 도시를 만들겠다며 최고의 기술자와 건축가들이 모여서 도시를 세웠다. 그곳이 바로 '페르시아의 보석'이라고 불리는 에스파한이다. 물이 귀한 이란에서 푸른색의 타일은 생명을 상징한다고 들었다. 벽면을 가득 채운 아라비아 문자 장식과 꽃무늬 장식들이 화려하다. 이렇게 큰 광장이 있다는 것 자체가 신기했다. 그것도 수백 년 전에 지금도 쉽게 지을 수 없는 화려한 건축 양식으로 지었다는 것이 내 눈길을 끌었다.

이란의 오토바이족. 내 스쿠터의 속도가 늦다보니 옆에서 따라오면서 말을 걸기도 하고, 빵빵거리기도 하고 정말 난리도 아니다. 좀 안 그랬으면 좋겠는데, 어딜 가나 내가 눈에 띨 수밖에 없는 이방인이니 할 수 없었다.

이맘 호메이니 광장 주변의 상점들

모스크에서의 하룻밤
Mosque

야즈드를 지나고 케르만이라는 도시로 가는 길이었다.

밤은 깊어가고 숙소를 찾아 헤매다가 사막과 고원지대를 지나던 중 작은 마을들을 지나
쳤다. 더 이상 피로를 이겨낼 수 없던 나는 인근에서 하루 묵을 수 있는 곳을 찾아다녔
다. 케르만으로 이어지는 도로에 있는 이슬람 사원을 찾아갔다. 교회로 치면 목사님으로
보이는 하늘색 옷을 입은 아저씨가 나를 맞아주셨다. 영어가 통하지 않아 소통이 어려웠
지만 이슬람 문화권답게 나를 그들의 손님으로 극진히 대접해주었다.

내 스쿠터를 안전한 곳에 보관해주셨고, 이란인들도 잠을 자고 가는 휴식 공간에 내 잠

자리를 마련해주었다. 아저씨는 가족들을 데려와서 소개시켜주고 같이 모여서 기도도
해주었다. 아이들은 내내 부끄러운지 나를 제대로 쳐다보지도 못하고 몰래 힐끔힐끔
보곤 했는데 그들의 미소가 아직도 눈에 선하기만 하다.

여행이 끝나고 가끔 우울할 때 이 사진을 보면 괜히 기분이 좋아진다. 잘 찍은 사진? 난
어느 실력 좋은 사진가처럼 예술적 감각이 뛰어나지 않다. 마음이 포근해지는, 기분이
좋아지는 마음으로 사진을 찍고 싶다. 내가 좋아하는 즐거운 사진 한 장 찰칵. 오늘도
즐거운 하루가 되기를 바라는 마음으로!

싼 기름값 때문인지 이란의 주유소는 다른 나라에 비해 현저히 적다. 밤에서 자헤단으로 이동하는 140km 정도의 구간에는 마을도 없었고 주유소도 없었다. 긴 사막과 오직 왕복 2차선의 도로뿐. 트럭에게 추월을 당하면서 한밤중에 작은 마을에 도착했지만 주유소는 없었다. 주변에 아이들이 있길래 주유소가 어디 있는지 물었더니 "벤진, 벤진"하면서 주변에 주유소가 없으니 자기들 것을 넣으라고 말하는 것 같았다. 1리터에 100원도 안 되는 기름을 리터당 300원에 파

는 건 세 배 이상의 바가지였지만, 그냥 넣기로 했다. 그래봤자 1000원도 안되지만 이 곳 물가를 생각하면 괜히 바가지 씌었다는 생각에 기분이 별로였다. 게다가 이 아이들이 잔돈도 주지 않고 그냥 가라고 했다. 이 녀석들, 착한 얼굴로…… 괘씸하긴 하지만 생각해보면 생계수단이 별로 없을 듯한 곳임을 알기에 그냥 나도 잊기로 했다.

황량한 사막이라 생각하고 사진을 몇 장 찍지 않았는데 후회가 막심하다. 매일 보는 게 사막이었기에 지겹기도 했다.
이런 단순한 사진이 괜히 마음에 드는 이유는 그리움 때문일까? 저렇게 고생만 삐질삐질 하던 곳이 뭐가 그리운자…… 그래도 그립다.

2003년 12월 26일 지진으로 무너져 내린 이란의 고대도시 '아르게 밤'이다. '밤'은 성이라는 뜻으로 도시 전체가 진흙으로 만들어진 거대한 성체였다. 2000년간 지속되어 온 거대한 성체가 한 순간에 폐허로 변했다니 자연의 힘은 실로 엄청나다. 현재 복구 중이라고 하니 누군가 이곳을 여행하게 된다면 어떻게 변했는지 알려주면 좋겠다.

이란의 국토 절반은 산악지대다. 그리고 4분의 1은 사막이다. 내가 지나 온 이란 중부지역에는 연 강수량이 100mm도 채 되지 않는 소금 성분이 많은 사막이 펼쳐져 있었다. 한국에서는 좀처럼 볼 수 없었던 벌거벗은 산이 생경하기만 하다.

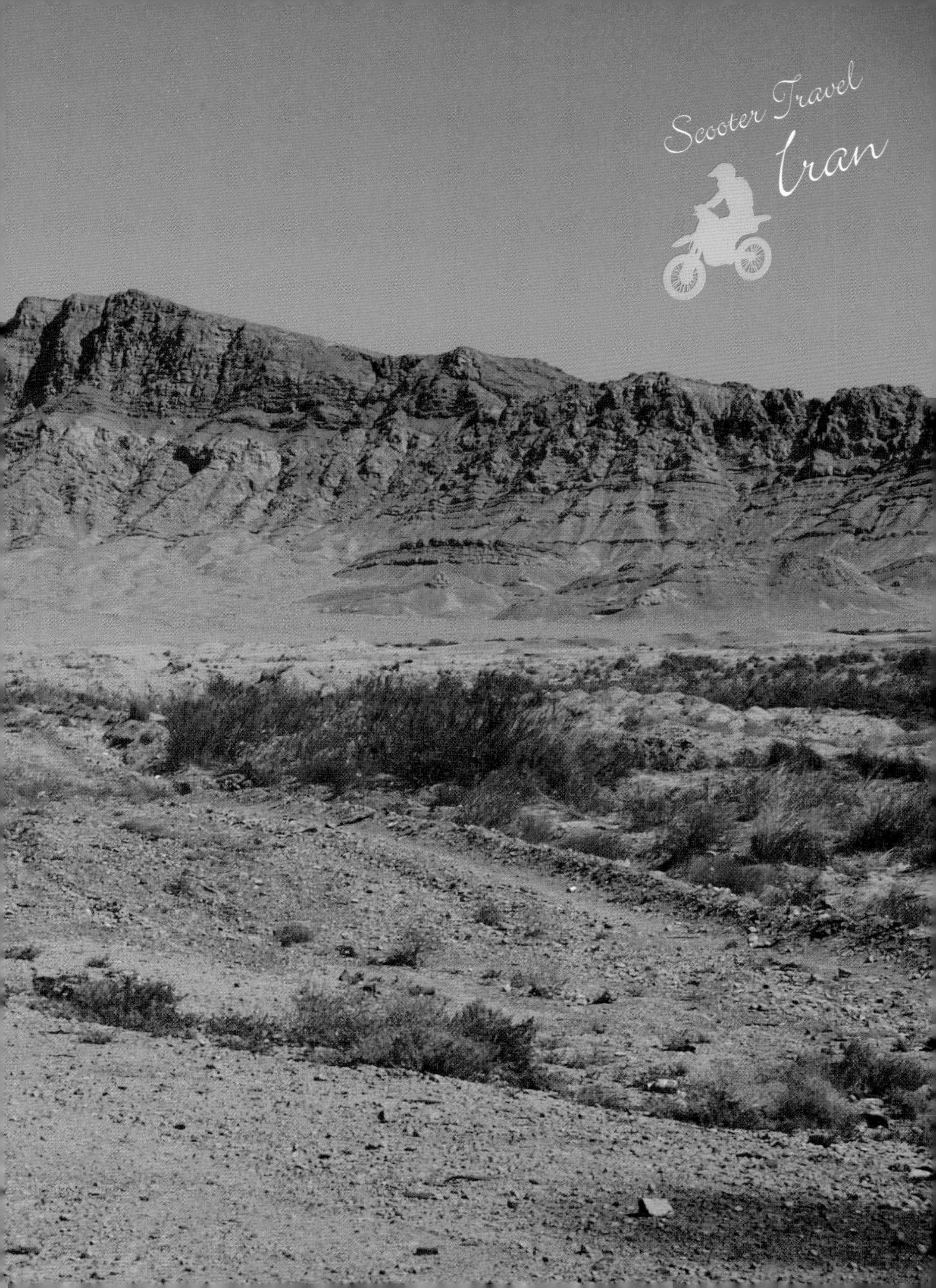
Scooter Travel
Iran

손님은 왕이다

폭탄테러가 있었던 자헤단이라는 도시에 도착했다. 아프가니
스탄과 파키스탄 국경이 맞닿아 있기 때문에 도시 전체에 바리
케이트가 쳐있고 들어오거나 나가는 모든 차량을 검사하고 있
었다. 나도 두 번의 검문을 받고서야 시내로 들어갈 수 있었다.

시내로 들어갔지만, 숙소를 구하는 건 쉬운 일이 아니었다. 그리고 대부분 현지인이기
때문에 모텔이나 저렴한 여관 같은 곳도 없거나 있어도 현지인만 받는다. 따로 라이센
스가 없다면 외국인들은 안전을 위해 지정된 곳에서만 머물러야 하는데 하룻밤에 5만
원은 기본이다. 유스호스텔은 없을 게 뻔하고 외국인이 머물 곳이라고는 가격이 비싼
호텔만 있을 뿐인데 이곳이 위험하다는 인식이 있기 때문에 도저히 밖에서는 잠을 잘
수 없었다. 밤이 늦은 시간까지 스쿠터를 타고 도시를 돌아다니다가 몇몇 사람들에게
저렴한 숙소를 찾아달라며 도움을 요청했다.

나이가 비슷해 보이는 청년 대여섯 명이 나를 데리고 여러 군데의 모텔을 가봤지만 외
국인은 받을 수 없다고 했다. 그들은 자기들의 집으로 가서 함께 자는 게 어떻겠냐고 물
었다. 나는 그들이 도와줘서 고맙긴 했지만 그들을 따라가기는 너무 두려웠다. 한두 명
도 아니고 대여섯 명이 있는 곳에 괜히 따라 갔다가 노트북, 카메라, 스쿠터, 내 돈을 모
두 빼앗기지나 않을까 겁이 났다. 험악하기로 유명한 자헤단이라 더더욱 무서운 생각
이 들었다.

신의 가호가 있기를……

나는 모험을 단행하기로 했다. 그들과 함께 하룻밤을 보내는 것이다. 과연 괜찮을까? 그들은 10여 분을 돌아 어두운 골목으로 나를 데려갔다. 그들은 걱정하지 말라며 안심시켰지만 이렇게 어두운 골목에서 그들에게 둘러쌓여 있으니 공포감이 드는 건 당연했다.

이윽고 문을 열고 그들의 집으로 들어갔다. 그때까지도 나는 긴장을 풀지 않은 상태였다. 그들은 편하게 생각하라며 미소를 지었다. 사전을 가지고 와서 단어를 짚으며 나와 대화를 시도했다. 역시 이슬람 국가에서는 손님을 귀하게 여긴다.

"난 한국사람이다"라고 말했고 미국을 좋아하냐고 그들이 물었다. 난 한국에도 미국인이 살고 있고 우리는 동맹국이다. 하지만 난 미국의 폭력을 싫어한다며 간단히 "No war"라고 대답했다. 그들도 알아듣기 쉽고 나도 설명하기 쉽게끔.

미국은 이란의 핵무기 개발을 이유로 위험 국가로 못 박고, 국제 사회에서 각종 불이익을 받게 했다. 이란과 미국은 현재 앙숙 사이로 예전에 이란인들이 미국 대사관을 깨부수었다고 한다. 그런데 미국이 말하는 것처럼 정말 이란은 악의 축인 것일까?

그렇게 두 시간쯤 대화가 오갔고 내 마음도 조금씩 풀렸다. 그들은 집 구경을 시켜주며 그들이 가진 구형 컴퓨터를 보여주었는데 내가 2~3년간 쓰던 노트북보다도 구형이었다. 그래도 그것이 그들의 최고 놀잇감이라고 했다. 참 많은 이야기를 해주었다. 세상이 어떻게 돌아가고 있는지에 대해서. 그들은 아무래도 닫힌 공간에 있기에 접하지 못하는 것이 많아 답답한 것 같았다.

말은 잘 통하지 않았지만 우리는 어느덧 친구가 되었다. 카메라를 들었고 그들과 사진을 찍었다. 사진 속에 웃고 있는 청년들을 보면 나를 정말 멀리서 온 손님이자 친구 이상으로 대접해주는 걸 느낄 수 있다.

Scooter Travel
Iran

자헤단을 빠져나가다

아침 일찍 눈을 떴을 때, 친구들은 아직도 한밤중이었다. 어디선가 파
키스탄 국경은 일찍 문을 닫기 때문에 아침에 가야 한다는 말을 들었던 것 같아 나는 아
침부터 서둘렀다. 그 사이 한 친구가 일어났고 나보고 며칠 더 있다가지 뭘 벌써 가냐며
아쉬운 듯이 말했다.
물론 나도 더 오래 머물다 가고 싶었지만 일정을 늦추다가는 파키스탄 카라코람하이
웨이가 눈에 쌓여 건너지 못하는 불상사가 생길 수 있기 때문에 발길을 재촉할 수밖에
없었다.

자혜단, 역시 무서운 동네라는 걸 입증하듯 도시를 빠져나가는데 경찰이 날 가로막았다.

"어디 가니?"

"파키스탄 가려고 하는데요."

"지금은 위험해, 경찰이 오면 국경까지 에스코트 해줄 테니까 여기서 기다려."

난 그냥 가도 괜찮을 것 같다고 했는데 이곳이 아프가니스탄과 파키스탄 세 나라가 접경하고 있는 곳이기 때문에 아무래도 다른 도시들보다 위험이 도사리고 있다고 한다. 경찰이 나를 에스코트 해주겠다니 왠지 유명인사라도 된 것 같은 기분이 들었다.

하지만 땡볕에서 30분을 기다려도 깜깜 무소식.
주변을 서성이며 한 시간을 기다리다 조심스레 말
을 걸었다. 나를 에스코트 해주겠다던 사람들이
오긴 오냐고. 더 이상 지체할 여유가 없었다. 나는
그냥 가겠다고 말했고 그들은 그저 조심하라는 말
과 함께 순순히 보내주었다. 지금 생각하면 내가
참 겁도 없었다는 생각이 든다.

파키스탄 국경이 얼마 남지 않았다는 표지판이 보
였다. 이란에서 더 많은 시간을 보내지 못한 것이
아쉬움으로 남았다. 사막에서 추억을 만들고 싶었
지만 가만히 있어도 흐르는 땀을 보노라면 그런
생각이 절로 사라진다. 자헤단을 빠져나오자 지나
가는 차들을 5분에 한 대정도 발견할 정도로 도로
는 한산했다. 게다가 길은 모두 일직선 길. 아마
큰 배기량의 오토바이를 탔다면 시속 200km도 문
제없었겠지만 짐을 가득 실은 나의 작은 애마는
이 무더운 날씨까지 합세해 시속 80km를 넘지 못
했다. 그 이유에는 이란을 여행하는 동안 엔진오
일을 한 번도 바꾸지 못한 미안함에 스로틀을 감
아대지 못한 탓도 있었다. 스쿠터에 최대한 스트
레스를 적게 주며 안전한 운행을 유도했다.

مرز پاکستان
Pakistan Border

میرجاوه
Mirjaveh

500 m   متر ۵۰۰

이란은 정말 악의 축일까?

이란은 매우 위험한 나라로 알려져 있지만, 이란인들은 실제로 매우 온순하고, 토론과 대화를 좋아한다고 한다. 그들은 또 이방인이라고 해도 그들의 손님으로 여겨 극진히 대접한다. 이슬람 문화권에는 "손님이 찾아오지 않는 집에는 천사도 찾아오지 않는다"는 속담도 있다. 거리에서 만난 여행자에게 커피값을 내준다거나 버스표를 사주는 일도 있다고 한다.

이는 인적이 드문 사막의 생활환경에서 사람을 만나는 것이 반갑다는 이유에서뿐만 아니라 종교적 차원에서 공덕을 많이 쌓기 위한 것이 생활로 몸에 밴 것 같다.

우리에게 이슬람 문화는 무작정 낯설지만 정치적 문제로 인한 편견을 가지기 보다는 그들의 문화와 삶을 들여다보는 자세가 필요할 것 같다.

Scooter Traveler

IELAND UNITED KINGDOM

GERMANY   POLAND

UKRAINA

LIECHTENSTEIN
FRANCE SWISS   AUSTRIA

SLOVENIA   RUMANIA

CROATIA
ITALY   SERBIA   BULCARIA

SPANIN   CREECE   TURKEY

part 6

소년, 지옥과 천국을 맛보다

: 파키스탄

AFGHANISTAN

CHINA

PAKISTAN

이란으로 돌아 갈래?
스쿠터 두고 갈래?

이란에서의 출국 수속을 마치고 파키스탄 땅을 밟았다. 아, 이제 집까지 더 가까워졌구나. 나는 미처 몰랐다. 파키스탄으로 넘어온 순간 '행복 끝 불행 시작'이라는 걸. 이란도 길이 달리기 좋은 건 아니었지만, 그래도 아스팔트가 깔려 있었다. 하지만 파키스탄에서는 국경을 넘자마자 비포장길의 연속이었다. 고작 국경관리소까지 들어가는 데도 울퉁불퉁 모랫길이었다.

오후쯤 파키스탄 국경에 도착했더니, 담당자들이 모두 점심식사를 마치고 낮잠을 자고 있었다. 낮잠 자는 시간이 있어서 그들의 점심시간은 서너 시간쯤 된다고 한다. 파키스탄에서는 당연한 일이겠지만, 내 속은 타들어 갔다. 혹여나 무슨 제재를 당하는 건 아닌지 아무런 정보가 없기 때문에 걱정이 태산이었다. 파키스탄 지도가 없었기 때문에 국경을 넘는다 해도 어느 방향으로 가야 할지가 문제였다.

이런저런 생각을 하며 사무실 구석에 앉아 있었더니, 사무실을 지키던 간부 한 명이 내게 밥은 먹었는지 물어보았다. 쫄쫄 굶은 터라 그 말이 어찌나 반갑게 들리던지. 그는 나에게 밥을 주겠다고 했다. 그리고 국경의 남자 주방장이 카레라이스를 만들어 왔다. 국경에서 밥을 얻어먹게 될 줄이야, 누가 상상이나 했겠는가? 그런데 마냥 기뻐할 일이 아니었으니……

미르자베 파키스탄 – 이란 국경
실크로드를 넘나드는 대형 트럭들과 섞여 내 스쿠터가 당당히 자리 잡고 있다. 국경
관리인들은 앳돼 보이는 꼬마가 저런 걸 타고 이란을 건너온 게 믿기지 않는 듯 나
를 쳐다보았다. "아저씨들! 저는 유럽부터 달려 왔습니다요"라고 말해주고 싶었다.

그들은 느긋했지만, 마냥 기다리다보니 나는 서서히 지쳐갔다. 점심시간이 지나자 느릿느릿 하나둘씩 책상에 앉았고 천정에 선풍기 돌아가는 소리만 요란했다. 나를 신경 쓰지 않는 듯 했지만 다들 곁눈질로 날 쳐다보고 있음을 느낄 수 있었다. 그 중 한 사람이 날 불렀고, 비자와 각종 서류들을 보여 달라고 했다.

서류를 살펴본 국경 담당자의 한마디. "까르네가 없군요."

그랬다. 아무것도 몰랐던 나는 스쿠터를 가지고 다른 나라에서 타기 위해 필요한 '까르네' 라는 서류가 없었다. 유럽에서는 유럽에서 탈 수 있는 보험이 있는데 반해서 이란과 파키스탄 중국에서는 스쿠터 반출입이 상당히 까다로웠다. 이런 나라에서 내가 만약 스쿠터를 판매한다던지 혹은 분실하게 되면 문제가 될 수 있는 소지가 있기 때문에, 그에 대한 보험 같은 서류인 까르네를 가지고 있어야 했다. 이게 없으면 원래는 자가용을 가지고 입국조차 불가능하다.

하지만 내가 타고 있는 건 작디 작은 스쿠터 아니던가. 딱 보기에도 오토바이처럼 보이지 않고 단순한 구조임을 알 수 있다. 그들이 스쿠터에 대한 개념이 없더라도 자전거 비스무리하다고 생각하도록 할 수 있다고 생각했다. 물론 내가 어떻게 설명하냐에 따라 다르겠지만⋯⋯

하지만 그들은 냉담했다.

"이란으로 돌아가던지 스쿠터를 놓고 가세요."

순간 눈물이 날 뻔했다. 분명 다른 방법이 있을 것이다. 그들에게 여기까지 까르네 없이도 잘 왔다는 걸 확인시켜주었고, 이 스쿠터는 배기량도 작기 때문에 위험한 일이 발생하지 않을 거라고 말했다. 어린 나이와 슬픈 눈빛을 한 작전(?)이 먹혀들어갔는지 그들은 관련 법규를 찾아보더니 여기저기 전화를 걸기 시작했다.

그들은 나름대로 나를 도와주기 위해 노력했고, 방법은 한 가지였다. 일단 이 스쿠터를 타고 혼자서 파키스탄을 여행하는 건 너무 위험하고 합법적이지 않다. 따라서 수백km 떨어진 핀디라는 도시에 가면 도로교통공사 같은 데가 있는데, 거기서 스쿠터를 등록하라는 것. 나는 눈앞이 깜깜했다.

핀디까지 가려면 버스를 타야 하는데, 그 사이 스쿠터가 고
장나면 어떻게 해야 할지…… 나의 꿈이 무너지는 것인가.
나는 불안했다. 하지만 그 방법이 아니면 파키스탄을 지나
한국까지 갈 수 있는 방법이 없기에 그렇게 하겠다고 했다.
여기서 퀘타까지 간 다음에 다시 핀디까지 가야 한다. 가라
면 가야지. 스쿠터를 타고 파키스탄을 건너고 싶었지만 어
쩔 수 없었다.

국경의 태양이 지다

국경에서 퀘타까지 가는 버스는 벌써 끊겼다고 했다. 하는 수 없이 하루 자고 가야 하는데 국경 쪽에는 외국인이 잠을 잘만한 숙소가 전혀 없었다. 사무소 관리자들이 나를 도와주며 많은 대화를 나눴는데 조카 같고 아들 같았는지 그들의 숙소에서 함께 하룻밤을 보내는 게 어떻겠냐고 물었다. 나야 물론 Yes. 고민할 필요가 없었다. 파키스탄 사람들과 가까워질 수 있는 좋은 기회이고, 이 나라에 대해 한발 다가갈 수 있을 것 같았다.

그들이 퇴근할 때까지 기다리며 구석에서 눈을 붙이고 있는데, 누군가 날 깨웠다. 나는 헐레벌떡 짐을 챙겨 그들이 묵는 숙소로 따라갔다. 숙소에는 남자 요리사가 저녁을 준비해놓고 있었다. 하는 일에도 차이가 있지만, 커스텀 오피스의 직원들과 요리사 사이에는 계급이 존재하는 것 같았다. 그리고 파키스탄은 이란보다 성별 구분이 더 심했다. 파키스탄의 여자들은 일을 거의 할 수가 없는 것 같았다. 파키스탄의 국경을 지나면서부터는 여자들을 본 적이 거의 없었다.

스쿠터를 안전한 곳에 세워두고 화장실에 가서 샤워를 했다. 물이 부족한 지역이라 물이 한두 방울씩 나온다. 최대한 그들에게 피해를 주지 않도록 얼른 씻고 나왔다. 노을이 예쁘게 하늘을 물들이고 모랫바람이 세차게 얼굴을 때렸다.

이슬람 문화권인 만큼 국경 사무소의 직원들은 나를 손님으로 잘 대접해주었다. 비록 나는 볼일이 있어 들렀다 가는 사람이지만, 그들에게는 자신들을 찾아온 손님이기도 했던 것이다. 너댓 명의 아저씨와 함께 있었는데 한 사람의 말이 끝나기 무섭게 다른 사람의 이야기와 질문들이 계속되었다. 카라멜 맛이 나는 차를 마시며 나누는 대화는 밤을 길게 늘였다.

커스텀하우스에서 모든 준비를 마치고 떠날 채비를 했다. 떠나기 전에 기념사진을 찍자고 했더니, 전날의 편한 모습은 사라지고 다들 우직한 모습으로 변신하셨다.

Scooter Travel
Pakistan

스쿠터를 혼자 드는 사나이

퀘타로 가는 버스에 스쿠터를 싣는 게 문제였다.

150kg에 가까운 스쿠터를 실으려면 중기계가 필요한데, 시골에 지게차가 있을 리 만무했다. 3m 높이의 버스 천장에 그 무거운 스쿠터를 싣고 달릴 생각을 하니 걱정이 앞섰다. 게다가 내 짐만 싣는 게 아니고 다른 사람들의 짐도 버스 천정에 가득 실은 채 10시간을 달려야 한다니. 또 이 무거운 스쿠터를 대체 어떻게 싣는단 말인가. 여러 사람이 들려고 시도를 했지만, 스쿠터를 들 수 있는 사람은 없었다.

그때였다.

키가 160cm 정도 되어 보이는 한 50대 아저씨가 내 앞에 나타났다. 그는 들어야 할 물건이 스쿠터임을 확인하고 자신만만한 표정을 보였다. 마치 아무것도 아니라는 듯 쳐다보더니 이내 어깨 위로 스쿠터를 들어올렸다. 순식간에 사람들이 몰려들었고, 그 아저씨를 도와주려고 주위를 서성거렸지만 쉽지 않았다.

150kg을 드는 것도 쉽지 않은데 문제는 사다리를 타고 올라가야 한다는 점이었다. 안타깝게도 사다리가 하나밖에 없어서 여러 사람이 들고 올라갈 수가 없었다. 그리고 스쿠터에 손잡이가 없기 때문에 더더욱 쉽지 않았다.

맨 처음 스쿠터를 어깨에 올리는 데까지는 성공했지만 사다리를 올라가는 데에는 무리가 따랐다. 가파른 경사를 무거운 스쿠터를 이고 올라가기란 쉽지 않다. 아무리 노하우가 많이 쌓여 있는 아저씨라지만 결코 쉬운 일이 아니었다. 나와 주위의 사람들은 비명을 지르며 이건 아닌 것 같다고 다시 생각해보자고 말했지만 속수무책이었다.

그는 두 번 정도 시도를 하다가 엄청난 괴력을 보이며 계단 위를 올랐다. 믿기지 않는 광경이었다. 정말 기적이었다. 그 무거운 스쿠터가 두어 번의 연습으로 버스 위에 올라가다니. 긴장이 극으로 달했던 내 심정은 조금씩 안정을 찾았고 깊은 한숨을 내쉬었다. '퀘타에서는 저 스쿠터를 어떻게 내릴 것이며, 내렸는데 혹시라도 고장이 나 있다면 어떻게 고쳐야 한단 말인가?'

걱정이 태산이었는데도 이 아저씨들은 이제 실었으니 된 거 아니냐며 좋게 이야기했고 뭐, 다들 웃고 있으니 나도 억지웃음으로 장단을 맞추었다. 하지만 내가 웃는 게 웃는 게 아니야.

보나마나 앞으로 더 큰 고비들이 생길 모양이었다.

알라신이 있는 곳을 향해

스쿠터를 실은 버스가 달리기 시작했다.

앞으로 수백km의 비포장도로가 남아 있었다. 휴게소가 없다. 주유소도 없다. 만약 스쿠터를 타고 갔더라면 죽을 수도 있었겠다는 생각이 들었다. 버스가 달리는 내내 커튼을 치고 창밖을 내다보지 못하게 했는데, 커튼을 열면 혹여나 총에 맞을 수 있기 때문이라고 했다. 내가 어리니까 놀리는 건지 사실인지는 알수 없었다.

몇 시간을 달렸을까? 비포장도로는 여전하고 버스는 심하게 흔들리지만 베테랑 기사아저씨는 속도를 줄일 줄 몰랐다. 크게 커브를 돌 때 뒷바퀴가 움찔거리는 게 느껴졌다. 혹시 드리프트를 구사하는 건 아닐까라는 생각이 들 정도로 좁은 비포장 길을 엄청난 속도로 달렸다. 만약 레이싱 드라이버가 왔다고 해도 비포장도로를 이 아저씨만큼 감각적으로 달릴 수는 없었을 것이다. 스피커에서는 파키스탄의 피리소리와 알아 듣지 못하는 민속 노래가 끊임없이 흘러나왔다. 아무래도 기사분이 졸음을 쫓기 위해 틀어 놓은 것 같았다. 덕분에 내 잠까지 쫓아버렸다.

난 잠을 포기한 채, 알아 듣지 못하는 사람들의 말들과 웃음소리를 듣고 있었다. 그런데 갑자기 버스가 멈추더니 사람들이 우르르 내렸다. 휴게소인가 싶어 내다보니 주위에는 아무것도 없었다. 사막 한가운데에 하얀 페인트를 칠해놓은 가벽이 전부였다.

버스에서 내린 사람들은 어딘가를 향해 절을 하기 시작했다. 이슬람교도들은 하루에 다섯 번씩 알라신이 있는 곳을 향해 절을 하는데 달리는 버스에서 내려서까지 절을 하는 줄은 몰랐다. 진지하게 그 시간을 지키는 모습을 보니, 그들의 종교심이 얼마나 강한지 알 수 있었다.

기도를 마치고나니 해가 지고 어둠이 찾아왔다. 불빛 하나 없이 아무것도 보이지 않는 검은 칠흑 같았다. 혹시라도 이곳에서 나쁜 일을 당하게 되는 게 아닐까 걱정이 되기도 했지만, 타프탄의 테러 유발 지역을 지나면서도 끊임없이 웃으면서 이야기를 나누던 아저씨 덕분에 긴장이 풀렸다. 나에게는 낯설고 위험하지만 누군가에게는 일상이라는 사실이 이상한 안도감을 주었다. 한쪽에 모여 앉아 수박을 먹던 사람들이 나를 부르더니 수박 한 덩이 떼어주었다. 한입 베어 물자 미지근한 수박의 달콤함이 마음에 스며들었다.

죽음의 길을 달려 퀘타로

칠흑 같은 어둠을 오직 헤드라이트에 의존한 채 비포장길을
무섭게 달리는 버스가 신기하기만 하다.

파키스탄 음악이 쩌렁쩌렁 울리고 기사아저씨 두 분이서 대여섯 시간에 한 번씩 운전대
를 바꿔가며 쉼 없이 달렸다. 나는 언제쯤 파키스탄에서 내가 가고 싶은 곳을 직접 여행
하며 달려볼 수 있을까? 버스에서 열댓 시간쯤 보내고 나니 허리며 엉덩이며 무릎 등
쑤시지 않은 데가 없었다. 말 한마디 통하지 않는 사람들과 부동자세로 하루를 보내는
게 결코 쉬운 일은 아니었다.

늦은 밤, 죽음의 길을 달려 드디어 퀘타에 도착했다. 어둑어둑한 밤거리가 왠지 으스스
했다. 국경에서 같이 온 할아버지도 퍽 힘든 표정이었다. 퀘타는 이란에서 중국으로 거
쳐 가는 사람들이라면 누구나 지나야 하는 도시인데 생각만큼 크지도 않고, 안전해보
이지도 않았다. 하지만 밤늦게까지 사람들은 북적거렸고 파키스탄에서 처음으로 인적
이 많은 도심에 오니 괜히 안심이 되었다.

아침 일찍 퀘타의 도로교통공사 같은 곳을 찾아갔다. 국경에서 들은 말과 다르진 않았다. 내가 따로 보험이 있는 것도, 그렇다고 서류가 구비된 것도 아닌지라 일단 핀디로 가서 운전을 하라고 했다. 아무리 사정을 하고 부탁을 해보아도 그들의 대답은 "No."였다.

그들의 말대로 퀘타에서 핀디까지 기차를 타고 가야 했다. 이번엔 기차의 화물칸에 스쿠터를 싣는 거다. 정말이지 별별 경험을 다하다보니 이젠 무감각하기까지 하다.

문제는 핀디로 가는 기차가 일주일에 두어 번밖에 들어오지 않는다는 것이다. 이틀을 기다려야 기차가 온다는데 나 홀로 이곳에서 뭐하며 놀아야 한단 말인가? 이틀이란 시간은 결코 길지 않다는 걸 알지만 괜히 지루하게 느껴졌다. 그보다도 나는 달리지 않는 그 시간들이 익숙하지가 않았다.

파키스탄의 더위는 생각보다 심했다. 한낮의 더위를 이겨낼 수 없어서 잠깐 돌아다니다가도 모텔로 돌아가곤 했다. 스쿠터를 탈 때만 해도 더운 바람을 맞더라도 기분은 좋았는데 걸어서 조금만 돌아다녀도 파키스탄의 더위는 쉽게 지치게 만들었다. 이 곳 사람들은 이렇게 더운데도 긴팔을 입는 걸 보면 오랜 기간 축적된 노하우가 있는 듯했다. 오히려 면으로 만든 긴소매의 옷이 햇빛을 막아주어서 덜 더운지도 모르겠다.

이틀 동안 머물 모텔을 구했다. 하루 4달러에 큼지막한 선풍기도 있고 방마다 화장실이 있어서 머무는데 큰 문제는 없었다. 게다가 운 좋게 영어 방송이 나오는 텔레비전이 있어서 심심하지 않게 영화도 볼 수 있었다. 낮에는 여기저기 돌아다니고 저녁에는 텔레비전으로 영화를 보는 재미가 쏠쏠했다.

작은 식당을 꽉 메운 손님들 사이에 끼어 저녁을 먹고 있을 때, 대학을 다닌다는 이 청년이 갑작스레 영어로 말을 걸어왔다. 대학에서 신소재 공학을 연구하는 청년은 방학을 맞아서 퀘타에 왔다고 했다. 그와 나는 제법 말이 통했는데 맛있는 요리를 추천해달라고 했더니 치킨카레를 시키는 게 아닌가. 낮에도 이거 먹었는데 그의 친절을 거절하지 못하고 두 끼 연속 치킨카레로 끼니를 때웠다.

모텔로 돌아가던 길, 사람들이 삼삼오오 모여 무언가를 마시고 있었다. 뭔지 알고 싶었지만 꼬불꼬불 적힌 글자는 역시 나를 당황하게 할 뿐, 그냥 손짓으로 가리키면 나도 한 잔 줄 테지. 한 잔에 500원, 우유와 얼음, 과일을 섞어서 과일주스를 만들었는데 그 맛이 참 좋았다. 벌컥벌컥 한 잔 들이키고는…… 화장실로 직행!

테러로 인해 기차가
연기되었습니다

퀘타에서 이틀을 보내고, 드디어 핀디로 가는 기차가 들어오는 날이었다. 아침 일찍 일어나 밖으로 나가보았다. 어라? 뭔가 어수선한 게 사람도 별로 없고 식당이나 매점 문이 굳게 닫혀 있는 게 아닌가? 분명 전날 이 시간에 나가보았을 때만 해도 거리가 북적거렸는데, 하루 아침에 상황이 달라져 있었다. 뭔가 낌새가 이상해서 모텔로 돌아가 지배인에게 무슨 일인지 물었다.

"퀘타에 테러가 발생했어요. 밖에 나가면 큰일 나요."
"오 마이 갓!"
모텔에서 기차역까지의 거리는 대충 걸어서 20분이었지만 대부분 릭샤를 타고 이동하곤 한다. 그런데 오늘은 릭샤도 보이지 않아서 하는 수 없이 걸어서 기차역에 다녀오기로 했다.
괜히 사람이 없으니 으스스한 기분이 들었다. 뒤를 확인하면서 발걸음을 재촉했다. 많이 돌아다니면 위험한 것 같아서 곧장 기차역으로 가서 오늘 기차가 도착하는지 물었다.
"기차는 테러로 인해 이틀 연기되었습니다."
이러다가 집으로 갈 수는 있는 걸까, 불안한 생각이 들었다. 하지만 방법이 없었다. 이 도시를 빠져나가는 방법은 이틀간 쥐 죽은 듯이 기차를 기다리는 것밖에는 없었다.
기차역에서 비보를 듣고 다시 모텔로 돌아오니, 지배인이 나를 찾고 있었다. 지금 상황

이 너무 위험하니 이틀간 절대로 밖에 나가지 말라는 것이었다. 외국인은 잘못하면 납치될 수 있기 때문에, 떠날 때까지 조심, 또 조심해야 한다는 것이었다. 파키스탄의 몇몇 사람들은 실제로 총을 가지고 있기 때문에 군인들이나 경찰들도 늘 긴장하며 실탄이 장전된 총을 가지고 다닐 정도라고 했다.

식당에 있는 신문을 보니 상황이 정말 심각했다. 전날 퀘타의 일부 지역에서, 파출소, 우체국, 몇몇 공공기관에 반정부 테러범들이 불을 지르거나 폭력을 행사했고 이로 인해 수십 명이 죽거나 다쳤다. 나는 그것도 모르고 퀘타에서 핀디로 가겠다고 기차역을 왔다갔다했으니…… 내가 있는 도시에서 이런 일이 벌어졌다는 게 실감나지 않았다. 외부로 나가는 모든 통로가 단절되고 시내의 사람들은 단 한 명도 외부로 빠져나갈 수 없었다. 기차 역시 이틀간 운행하지 않았다. 하지만 이곳 사람들 중에 항의하는 사람은 아무도 없었다.

모든 식당이 문을 닫았기 때문에 난 너무 난처했다. 모텔에서 식사가 따로 제공되지 않아 가뜩이나 식사도 제대로 못했는데, 이틀을 더 굶으라고 하니 정말 곤욕스럽기 짝이 없었다.

퀘타를 떠나면 밥을 사먹을 수 있을 거라고 생각하고, 하룻동안 콜라 500ml와 남은 과자 약간, 그리고 과일들로 배를 채웠는데 남은 이틀을 또 어떻게 보내야 할지. 가장 기본적인 의식주가 제대로 해결되지 못하니 긍정적인 기운이 사라졌다. 아마도 이때가 내 모든 여행 중에서 가장 힘들었던 시기가 아니었나 싶다.

비극의 전초전,
핀디로 가는 기차에 오르다

역시 쥐구멍에도 볕 들 날이 있었다. 원래는 음식이 나오지 않지만 모텔에서 유일한 외국인 손님이었던 나에게 2,000원 정도를 내면 먹을 걸 내주겠다고 했다. 나는 지배인이 말하는 메뉴가 뭔지도 모르고 아무거나 달라고 했다. 밥, 커리, 빵과 약간의 채소가 나왔다. 역시나 맛은 없었지만 생존을 위해서 마지막 밥 한 톨까지 일단 먹어두고 에너지를 비축해두기로 했다.

그날 저녁, 밖에 나가보았지만 무슨 계엄령이라도 내린 것처럼 거리에는 사람 그림자 하나 보이지 않았다. 무서웠다.

드디어 D-day가 오기는 왔다. 원래 이틀만 머물 예정이었는데 4일이나 지체되었다. 이렇게 되면 중국으로 넘어가는 일정에 차질이 생길 수 있기 때문에 걱정이 이만저만 아니었다. 하루를 쫄딱 굶고 물만 조금 마신 채 모텔 체크아웃을 끝내고 기차역으로 갔다. 역시 자동차는 별로 지나다니지 않고, 사람들만 하나둘씩 거리로 나오고 있었다.

매표소에 물으니 다행히도 그날은 기차가 정상적으로 온다고 했다. 아, 살 았다. 일이 좀 해결되고 나니 등가죽에 들러붙었던 뱃가죽이 난리를 치기 시작했다. 정말 손에 잡히는 것이라면 뭐든지 먹을 수 있을 것 같았다.

기차역 옆에 붙어 있는 아주 허름한 건물에 식당이 하나 있었다. 사람 대여섯 명 앉기도 불편한 곳에 식당이랍시고 음식을 팔고 있었다. 대부분 메뉴는 한두 가지였는데, 빵과 이상한 향신료가 섞인 기름 같은 것이 나왔다. 위생 상태가 좋지 않아 보였지만, 300원을 내고 한 끼를 해결했다. 맛은 없었지만 배가 많이 고팠었는지 허겁지겁 빵을 기름에 찍어 먹었다. 이 음식은 내가 평생 잊지 못할 음식이 될 예정이었다.

배고픔을 참으며 TV를 보고 있었는데 밖에서 웃음소리가 들려왔다. 아이들은 치안이 썩 좋지 않다는 걸 아는지 모르는지 그저 평범한 일상 속에 자라고 있었다. 녀석의 미소가 오래오래 기억에 남았다.

악몽의 30시간

편디로 가는 기차 안에서의 30시간은 정말 악몽이었다. 조금이라도 비용을 아끼려고, 침대칸이 아닌 좌석을 끊은 게 화근이었다. 만 원을 아끼면 혹시나 예상치 못한 상황에 유용하게 사용할 수 있을 거란 생각이 들어서 차라리 몸을 고생시키자, 라는 생각이었다. 그리고 얼마 가다보면 옆 자리도 비고, 불편하지만 누워서 갈 수 있으리란 은근한 기대도 있었다.

기차가 출발한 지 두 시간쯤 지나니 저녁식사를 판매하기 시작했다. 나는 치킨카레를 주문해서, 나흘 동안 제대로 먹지도 못한 것을 만회라도 하려는 듯 꾸역꾸역 집어넣기 시작했다. 다이어트를 할 생각이 있는 사람들이라면 파키스탄에 가보라고 말해주고 싶다. 이때부터 눈물 없이는 볼 수 없는 나의 처절한 기차 안의 스토리가 시작된다.

밥을 먹은 지 20분쯤 지났을까? 속에서 부글부글 끓는 것 같았다. 아무래도 배탈이 난 것 같은데 카레가 속을 갉아먹는 느낌이랄까? 여태까지 23년을 살아오면서 처음 느껴보는 통증이었다. 생전 해본 적이 없는 구토를 파키스탄 기차 안의 변기에 대고 하게 될 줄이야. 내 얼굴은 창백해졌고, 다리의 힘이 풀렸다. 내 자리로 돌아와 탁자에 얼굴을 파묻고 눈을 감았다. 한 번 토하고 나니 좀 시원한 느낌도 들었지만, 다시금 장이 꼬이기라도 한 듯 배가 송곳으로 찌르는 듯 아파왔다. 그렇게 여러 번 화장실에 가서 먹은 음식을 다 확인하고 났더니 정말 서 있을 힘조차 없었다.

그때였다. 휘청거리며 왔다갔다하는 동안 나를 눈여겨보던 독일인이 나를 데려가 약도 주고, 자신의 자리 옆 빈 침대칸에 눕혀 주었다. 그런데 얄궂게도 얼마 지나지 않아 내가 누워 있던 침대칸의 주인이 나타났다. 하는 수 없이 자리를 비켜줘야 했다. 어느 정도 시간이 지나면 좌석이 빌 줄 알았지만, 파키스탄인들에게 기차는 주요 이동수단인지라 끊임없이 사람들이 타고 내렸다. 중국에서는 항상 자리가 비어서 좌석을 끊어도 편히 가곤 했었는데……

그때만큼 나의 선택이 원망스러운 적이 없었다. 중간에 내려서 표를 다시 끊을 수도 없고, 수십 시간을 꼬박 앉아서 가야 한다니, 정말 나의 선택에 저주라도 퍼붓고 싶었다. 여태 아프지 않고 잘 왔는데, 몸을 편히 뉘일 수도 없는 곳에서 탈이 나니, 이제야 몸이 제동을 거는구나 싶었다. 그렇게 열댓 번 화장실을 오가면서 누울 수 없는 고통을 체험한 30시간의 기차여행이었다.

살아남는 자가 강하다

핀디에 도착한 시간은 밤 11시. 기차역에 내려 일주일 넘게 파키스탄에서 탈 수 없었던 스쿠터를 매만졌다. 혹여나 시동이 안 걸리진 않을까, 이 상태로 달릴 수 있을까, 걱정이 됐다. 며칠 전 버스에 싣고 올 때 부서진 곳 두어 군데를 제외하고는 일단 외관은 멀쩡했다. 열쇠를 넣고 스타트 버튼을 눌렀다.

부르릉!
날 배신하지 않았구나. 그런데 몸에 기운이 하나도 남아 있지 않았다. 달리다가 기절할 수도 있기에, 일단 잠 잘 곳을 찾아야 했다. 텅 빈 도로를 혼자 달리며 호텔을 찾아 여러 군데 돌아다녀봤지만, 하나같이 외국인은 받아줄 수가 없다는 대답만 했다. 외국인은 테러의 표적이 될 수 있고, 사고가 발생했을 때 문제가 커질 수 있기 때문에 받지 않는다고 했다. 유일하게 나를 받아주겠다고 했던 일류급 호텔은 하룻밤에 9,500루피로 150달러가 넘는 가격이라 도저히 들어갈 수가 없었다.
나는 길가에 있는 청년들에게 다가갔다.
"잠잘 곳을 찾는데, 저를 받아주는 곳이 없네요."

다행이 그들은 호의적이었고 자동차로 내가 묵을만한 숙소를 찾아 함께 달렸다. 삼십여 분쯤 이 동네 저 동네 다니며 숙소를 찾았지만, 결국 찾을 수가 없었다. 나는 더 이상

견딜 수가 없어서 경찰서에 가서 도움을 요청하기로 했다. 청년들은 나를 경찰서 앞에 데려다주었다. 대부분 경찰들은 잠들어 있었고, 한두 명만이 보초를 서는 중이었다.

"난 여행자예요. 배가 너무 아파요. 잠잘 곳이 없습니다."
그렇게 말하고, 나는 정신줄을 놓았다.
그들은 침대를 하나 가지고 나와 나보고 여기서 자라고 했고, 경찰 지프차를 타고 병원에 데려갔다. 자다 깬 의사가 나와서 맥박을 재고 배도 만져보더니 약을 지어주었다. 거무스레한 얼굴에 계급이 좀 높아 보이는 경찰아저씨가 병원에서 나와 바나나를 사주었다. 내가 돈을 내려고 하자 말리면서 그냥 먹으라고 손짓을 했다. 바나나 두어 개로 배를 채우고 경찰서로 돌아왔다. 물 한 모금에 약을 입안에 털어 넣고 목구멍 깊이 삼켰다. 그러고는 다시 정신줄을 놓았다.

경찰서에서 몇 시간을 자고 일어났더니 비로소 몸이 돌아왔다. 나를 도와준 경찰관을 찾고 싶었다. 그런데 다들 생긴 게 비슷비슷해서 누가 누군지 알 방법이 없었다. 국경과 마주한 곳도 아니고 이런 도시에서 경찰관들과 영어로 대화하는 것은 쉬운 일이 아니다. 나는 고맙다는 말만 전하고 경찰서를 나섰다.
정말 죽을 것 같은 시간이 지나갔다. 오랜만에 스쿠터에 앉아서 그런가? 처음 운전하는 것마냥 어디로 가야 할지 감이 잡히지 않았다. 이슬라마바드가 어디지…… 머릿속이 아득해졌다.

'강해서 살아남는 게 아니라 살아남는 자가 강한 것이다'라는 말이 있듯 나도 반드시 살아서 한국까지 갈 테다.

제 청춘을 팝니다

다음날 아침 동이 트자마자 비자를 신청하기 위해 중국대사관에 찾아갔다. 파키스탄의 모든 해외 대사관은 이슬라마바드에 있는데 대부분 대사관의 규모가 엄청 컸다. 물론 한국 대사관 역시 큰 규모를 자랑하고 있었다. 대사관에서 파키스탄의 현재 상황과 정보를 들을 수 있었다. 한 영사님은 중국으로 넘어가는 카라코람하이웨이가 결코 만만치 않은 길이라고 말씀하셨다. 그리고 전날 찾다가 실패한 한국식 숙박업소인 '서울회관'의 위치도 알아낼 수 있었다. 이제 일이 일사천리로 잘 풀리려나.

파키스탄 이슬라마바드에 도착해 남은 달러의 절반 200불을 환전했다. 이 상황이라면 한국까지 못 갈지도 모르겠다는 생각이 들었다. 이 고비를 어떻게 넘겨야 할까?
막막했다. 파키스탄에서 아르바이트라도 해야 하나? 아니면 이곳에서 둥지를 틀까? 그럴 순 없다. 사랑하는 가족의 품으로 가야 한다. 그렇다고 손 벌릴 곳이 있는 것도 아니고 방법이 대체 떠오르지 않았다. 하루 정도 쉬면서 고민에 고민을 거듭하여 얻은 결론. '인터넷에 사실대로 내 이야기를 올려보자.'

FAITH
U NITY
DISCIPL

나는 여행을 하면서 틈틈이 사진 커뮤니티 SLR클럽에 여행기를 올려왔었다. 2006년 1월 1일, 영국에 가기 전부터 사진과 글을 올려왔던지라, 실제로 만난 적은 없지만 몇몇 분과 온라인으로 친분이 있기도 했었다. 나는 그저 내가 좋아서 여행을 한 것이고, 다른 프로여행가들처럼 스폰서가 있는 것이 아니었기 때문에 가난한 여행이지만, 많은 분들로부터 격려의 말을 들었다.

제목 : 제 청춘을 팝니다

여러분께 SOS 요청을 보냅니다.

제가 파키스탄에서 중국까지 넘어가고 한국까지 가는데 현재 250 달러 남았습니다. 일단 이 돈을 가지고 계속 진행해 나갈 여정인데, 분명 파키스탄의 카라코람하이웨이, K2를 넘으면 돈이 떨어질 것입니다.

저를 알지도, 보지도 못하셨던 분들께 단지 제 몇 장의 사진과 글들로만 이렇게 후원을 여쭙는 것에 대해 무리가 있는 줄 압니다. 여행을 마치고 싶다는 저의 바람 때문이기도 하지만, 지금 길을 계속 가는 것 외에는 다른 방법이 없다는 생각도 듭니다. 후원해주시는 분들께는 어떠한 방법으로든 꼭 답례를 하겠습니다.

총 70~80만 원 정도면 한국까지 무리 없이 갈 수 있을 것 같습니다. 혹여나 저를 도와주시는 분이 계시다면 미리 감사를 드리며, 저의 여행으로 인해 대리만족이라도 하시는 분들이 있다면 좋겠습니다.

[임태훈]

내 이런 상황을 보고 정말 어떤 사람이 나를 한국까지 오게끔 도와주기라도 할까? 혹시 욕하는 사람이 있지는 않을까? 기대보다는 내 글을 재미있게 읽어주는 사람들에게 죄송스러움이 앞섰다. 그래도 부끄럽지 않았던 건 내가 여기까지 왔고 앞으로도 멈추지 않을 것이라는 자신감이 있었기 때문이다.

글을 올렸더니, 많은 분들이 힘을 주었다. 간혹 돈 없으면 그냥 돌아오지 그러냐는 반응도 있었지만, 대부분 분들은 내 여행을 지지해주었다. 짧다면 짧은 일주일 동안 30여 분이 후원을 해주셨다. 사진과 짧은 글이었지만, 실시간으로 올린 글이 그들에게 마치 여행을 하는 느낌을 주었던 것 같다. 그들은 진심으로 내 여행이 성공하기를 바라는 마음으로 도움을 주었고, 어떤 분들은 내가 어디쯤 도착했을까, 언제쯤 글이 올라올까 매일 확인한다고 했다.

이 자리를 빌어 온라인상으로 내 글을 보고 여행비를 지원해주신 분들에게 다시금 감사의 마음을 전하고 싶다. 정말이지 그들이 아니었다면 난 어떻게 되었을까.

서울회관에서 머문 지 3일이 지났다. 중국 비자도 무사히 받았고, 떠날 일만 남았다. 이제 파키스탄의 대장정은 시작된다. 중국으로 입국하기 위해서 거쳐야할 카라코람하이웨이. 7,000m 이상의 고봉들을 만나볼 수 있는 기회다. 유라시아를 횡단한 사람들이 절대 잊지 못할 기억으로 늘 말하던 이곳을 내 두 눈으로, 그것도 내가 직접 운전하며 달리는 묘미. 상상만 해도 짜릿하다.

내 생애 최고의 카라코람하이웨이(KKH)
Karakiram Highway

말로만 듣던 카라코람하이웨이에 들어섰다. 카라코람하이웨이는 파키스탄의 이슬라마바드와 중국의 카슈카르를 연결하는 국가 간 도로다. 이 도로를 열심히 달리다보면 해발 4,000m에 위치한 파키스탄과 중국의 국경을 만날 수 있는데, 이 국경은 세계에서 가장 높은 곳에 있는 국경이라고 한다. 이 국경지대는 쿤제랍 패스라는 이름으로 잘 알려져 있다.

혹시라도 비가 오면 굉장히 위험해질 수 있는 길이었지만, 다행히도 내가 도착했을 때
는 날씨가 화창했다. 달리는 길의 60~70% 이상이 포장도로라 스쿠터로 달리는 데 크
게 문제가 될 건 없었지만, 여전히 산사태에 노출되어 있고, 도로 바로 옆이 낭떠러지인
만큼 운전에 주의해야 했다. 까딱 졸음운전 했다가 여행이고 뭐고 내 모습을 찾아볼 수
도 없을 테니까.

원래 에메랄드 색깔의 물인데 흙탕물이 되어 있었다. 내가 이곳에 오기 전 장맛비가 쏟아졌는데 그로 인해 물살이 빨라지고 강바닥의 모래들이 움직이며 갈색을 띠고 있을 뿐 실제로는 깨끗한 물이라고 한다. 절벽 아래로 내려가 만져봤으면. 도저히 용기가 나지 않는다. 암벽을 타는 사람이 아니고서야 여길 내려가면 올라올 여력이 없을 테니까.

화창한 날씨에 거대한 산들은 그 모습을 오롯이 드러냈다. 이렇게 높은 산악지대에 어떻게 길을 낼 생각을 했는지 놀라울 따름이다. 이 산중에도 100km에 한 번씩 비교적 큰 마을이 있어서 중간중간 머물면서 3일간 이 길을 지났다. 아침에 일어나서 보는 일출은 정말 장관이었다. 만년설에 쌓인 고봉은 해의 움직임에 따라 그 색을 달리하며 따스함으로 이 세상을 감쌌다.

그러나 낮이 되면 그 태양은 무시무시하게 지면을 달구어 내 기운을 쏙 빠지게 했다. 땀에 전 긴팔 옷을 입고, 뙤약볕 내려쬐는 한낮의 카라코람을 지나는 일은 정말 고문과도 같았다. 고지라 시원할 줄 알았더니 더위는 똑같이 느껴졌다.

산 넘어 산이라더니 정말 산 넘어 산이었다. 언제쯤 평지가 나오나 기대해 봐도 산들은 끊임없이 이어져 있었다. 그래도 스쿠터를 타고 달릴 수 있다는 것이 얼마나 행복하던지.

그늘에 앉아 청포도를 먹고 있었다.
이 지방의 특산물인 달짝지근한 청포도
멀리서 꼬마가 내쪽으로 슬금슬금 다가왔다. 송아지를 끌고서.

아이는 고삐만 잡았다 뿐이지 힘에 부쳐서
송아지를 제대로 이끌지 못하고 되려 끌려다녔다.

스쿠터가 만든 그늘 아래서 점심을 먹다가 고개를 들어보니, 아이들이 벌써 이만큼 모여 들었다. 약간의 거리를
두고 아무런 말도, 움직임도 없이 멍하니 나를 쳐다보고 있었다. 아무리 말을 걸어도 절대 대답하지 않았는데, 그
들이 무슨 생각을 했을지 정말 궁금하다.

Part6. 소년, 지옥과 천국을 맛보다

낯선 장소가 매력적인 이유는
내가 보던 모습과 다르기 때문이다.

낯선 사람이 매력적인 이유는
그들에 대해 아는 것이 없기 때문이다.

카라코람하이웨이의 주유기가 하나 뿐인 주유소.
어쩌면 마지막 방문일지도 모르는 이곳에서
손짓 발짓으로 소통을 하던 우리는
쉽게 친구가 되었다.

낯선 사람은 없다. 아직 만나지 못한 친구가 있을 뿐. - 탄줘잉

Scooter Travel

Pakistan

무슬림(이슬람 교도)의 삶

무슬림은 성지가 있는 메카(무하마드의 출생지)를 향해 하루에 5번 예배를 드린다. 꾸란(이슬람 경전)의 암송과 함께 엎드려서 절을 한다. 사원에서 예배를 드리지 못해도 곳곳에 예배당이 마련되어 있기 때문에 언제든지 예배를 드릴 수 있다.

- 파즈르 : 새벽 예배(동트기 전)
- 주흐르 : 낮 예배(정오를 조금 지나)
- 아스르 : 오후(주흐르와 마그립 중간)
- 마그립 : 저녁(일몰 시간)
- 이샤 : 밤(마그립 예배 후 약 1시간 반 정도 뒤)

무슬림의 식습관

무슬림들은 돼지고기와 육식동물을 먹지 않는다. 비늘이 없는 바다 생물(오징어, 문어, 낙지) 또한 먹지 않는다. 육식을 하는 경우에는 소고기, 양고기 등의 초식동물과 조류를 먹는데, 이슬람식 도살법에 의해 도살된 고기만을 먹는다. 이슬람식 도살법은 "비쓰밀라(하나님의 이름으로)"를 외친 후 단번에 목을 베는 것으로, 인간을 위해 죽는 동물의 고통을 최소화한 것이라고 한다.

음식문화 외에도 이슬람 문화권의 예절 등은 우리와 다른 것들이 많다. 여행을 떠나기 전에 미리 숙지해두고, 실수하는 일이 없도록 해야 한다.

Scooter Traveler

ELAND UNITED KINGDOM

GERMANY POLAND

UKRAINA

FRANCE LIECHTENSTEIN
SWISS AUSTRIA
SLOVENIA RUMANIA
CROATIA
ITALY SERBIA BULCARIA

L.SPANIN

CREECE TURKEY

part 7

마침표가아니라 쉼표로 남은 여행

: 중국

AFGHANISTAN

CHINA

PAKISTAN

스쿠터는 멈출 수 없다

신기하고 놀랍던 7,000m 고봉들이 그저 작은 언덕으로밖에 느껴지지 않았다. 내가 적응이 빠른 걸까. 처음에 만났을 때는 나를 집어 삼킬 것 같았는데 며칠 동안 보고나니 그런 마음도 수그러들고 친숙하게 느껴졌다. 마치 현지인이라도 된 것 마냥.

얼마나 달렸는지 기억조차 나지 않을 무렵, 쿤제랍 패스로 가는 마지막 마을 소스트에 도착했다. 소스트에서 80km만 더 가면 쿤제랍 패스에 도달할 수 있었다. 나는 중국 국경이 얼마 남지 않았다는 생각에 주변도 둘러보지 않고, 신나게 달렸다.
쿤제랍 패스에 도착했다는 기쁨도 잠시, 들려오는 저주의 목소리.
"파키스탄에서 출국 도장을 왜 안 찍어 왔어?"

파키스탄의 국경사무소는 소스트에 있었던 것이다. 그것도 모르고 부랴부랴 달려왔으니. 출국 스탬프를 찍기 위해서는 길을 다시 돌아가야 했다. 몇 시간을 달려온 그 길을 다시 돌아가야 한다니, 역시 정보가 없으면 몸이 고생을 한다. 할 수 없이 그날 밤은 소스트의 외곽지역으로 돌아가 전기도 들어오지 않는 2,000원짜리 허름한 방을 얻었다. 다음 날 아침 다시 국경관리소에 가서 최종 출국까지 서류 정리를 마치고 떠나면 정말이지 고향과 같은 중국 땅을 밟게 되리라.

아침 일찍 일어나 국경사무소에 들러 출국 절차를 마치고, 쿤제랍을 향한 두번째 라이
딩을 시작했다. 한 번 지났던 길이라 무리 없이 쿤제랍 패스에 도착했다. 그곳에서는 전
날 만났던 국경수비대 두 명이 기다리고 있었다. 그들 양쪽으로는 파키스탄 국경과 중
국 국경으로 나누어지는 비석이 세워져 있었다. 지리적으로는 한 발자국 차이로 국가
가 다른 것이다.

그들은 친절하게 나를 맞이하면서, 마르코 폴로 기념비가 있으니 사진을 찍으라고 알려주기도 했다. 그들과 기념사진도 찍었다. 이제 중국에 들어가기만 하면, 힘든 일은 없을 것이라고 생각했다. 맑은 공기에 따뜻한 햇살. 4,600m 고지의 상쾌함이 느껴졌다.

마르코 폴로 기념비
미처 발견하지 못했는데, 국경수비대 아저씨들이 꼭 사진을 찍어야 하는 곳이 있다며 알려주었다.

내가 다시 날 수 있다면……

쿤제랍 패스의 국경수비대를 지나 중국 국경으로 갔다.

"넌 못 가!"

그렇다. 나에게는 중국에서 운전하기 위한 서류가 아무것도 준비되어 있지 않았다. 물론 여기까지 오는 데에도 막무가내였지만 중국에서는 다른 나라들보다 제재가 심했다. 나중에 알고 보니 자동차 여행자들이나 오토바이 여행자들이 중국을 택하지 않는 이유

가 바로 중국 내륙을 여행하기 위해서는 매우 복잡한 절차를 거쳐야 하기 때문이란다.
내가 너무 중국을 얕잡아봤나? 중국말을 할 수 있다는 점을 이용해 국경에서 그들과 대
화를 시도했다.

"이거 속도 느린 건데 갈 수 있지 않을까?"

"허가증 없이는 못 가."

하지만 어떡하란 말인가? 나는 이미 파키스탄 국경을 빠져나온 뒤였다. 앞으로 나아가지 못하면, 남의 땅에서 갈 곳 없는 미아가 되는 것이다. 뭐 생각해보니 이것도 나쁘지 않지만 여행기가 표류기가 될 순 없지 않은가? 스쿠터를 놓고, 몸만 빠져나갈 수도 있었지만 그러기엔 지금까지 온 길이 모두 수포로 돌아가는 것 같았다.

"일단 스쿠터를 트럭에 싣고 국경사무소에 가서 알아봐. 뭔가 방법이 있겠지."
"여기까지 어떻게 타고 왔는데, 이제 와서 트럭에 실으라구? 좀 도와줄 순 없을까?"
"우리도 도와주고 싶지만 위에서 안 된다는데 도저히 방법이 없네. 내가 트럭기사한테는 얘기 잘 해줄 테니 일단 싣고 거기 도착해서 알아보는 게 좋을 것 같아."

이렇게 한 시간 동안 그들과 대화를 나누었지만 결국 트럭에 싣고 쿤제랍 패스에서 카슈가르카스의 국경사무소까지 가기로 했다.
"내가 파키스탄을 다닌 지도 벌써 10년이 넘었는데 이런 적은 처음이야."
트럭기사는 내가 싫지 않은 눈빛이었고, 마침 심심했던 모양인지 말동무라도 얻은 듯 쉴 새 없이 이야기를 쏟아냈다. 사실 조금 피곤하기도 했지만 아저씨 기분도 맞춰주느라 한동안 쓰지 않았던 중국어를 상기시키며 함께 수다를 떨었다. 그래도 흔쾌히 스쿠터를 실으라고 해주시니 얼마나 고마운가.

국경사무소에 도착했지만 희망적인 대답을 들을 수 없었다. 우루무치에 자동차 관리소가 있는데, 그곳에서 허가를 받아오면 스쿠터를 운전할 수 있게끔 해줄 수 있다고 했다. 나의 스쿠터는 중국 국경관리소에서 영원히 빛을 보지 못하게 되는 것인가? 듣자하니 국경관리소 창고에서 보관 기간이 세 달을 넘기면 버려지거나 경매에 들어간다고 했다.

확실히 해결된다는 보장은 없었지만, 일단 그들의 말을 믿고 우루무치로 향했다. 나는 스쿠터를 하루라도 빨리 찾고 싶은 마음에 비행기에 올랐다. 버스 요금의 2배 정도면 24시간이 걸리는 버스보다 훨씬 빨리 우루무치에 도착할 수 있었다. 비행기가 뜨자 광활한 대륙이 한눈에 들어왔다. 이번 여행에서 처음으로 타는 비행기였다. 스쿠터를 타고 이 대륙을 누빌 수만 있다면 얼마나 좋을까.

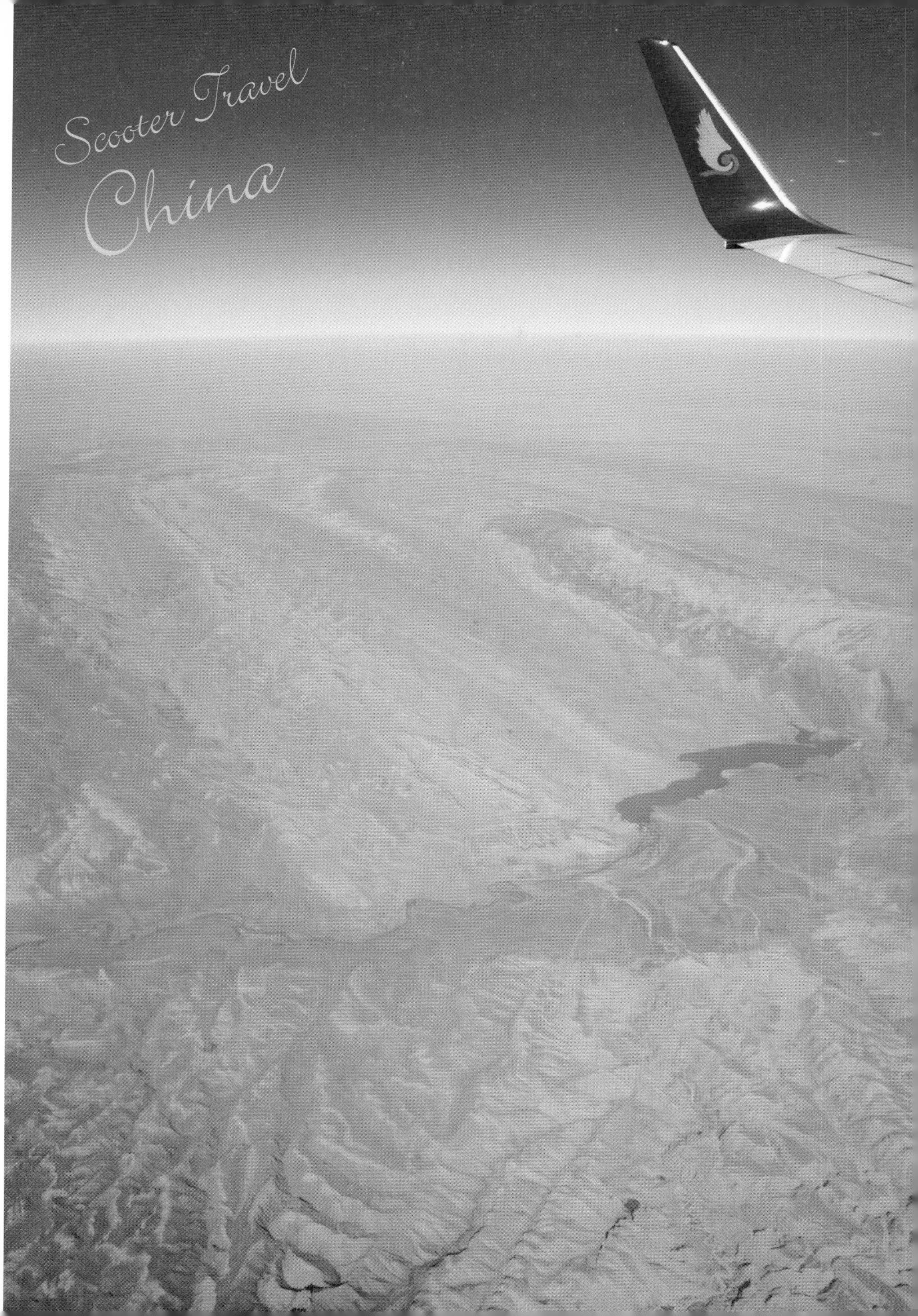
Scooter Travel
China

마침표가 아니라
쉼표로 남은 여행

드디어 우루무치에 도착했다. 비행기에서 내리자마자 자동차 서류를 관리하는 곳을 찾아갔다. 묻고 묻기를 반복하면서 찾아갔지만, 그들의 대답은 더욱 절망적이었다.

"중국을 가기 위해 혹은 중국에서 자신의 자동차를 운전하려면, 중국 운전면허가 필요하다. 그리고 서류를 처리하는 데 6개월이 걸린다."

진작 가르쳐줄 것이지, 왜 나를 여기까지 오게 한 것이더냐. 흥분된 마음을 가라앉히는 데 오랜 시간이 걸렸다. 영국에서 여기까지 어떻게 왔는데 이제 와서 다른 방법으로 가야 한다니…… 더 이상 스쿠터와 함께 갈 수 없다는 사실을 받아들이기 힘들었다. 국경에 혼자 남겨두고 가야 한다는 생각에 마음이 찢어질 것 같았다. 또 내 여행에 힘을 실어준 사람들에게 미안했다.

나의 여정을 여기서 끝낼 수는 없었다. 밥이 되든 죽이 되든 어떻게 해서든지 한국까지 가야 한다. 그 곳이 내가 바라던 목적지였고 내 여행의 피날레를 장식해줄 곳이었으니까.

자전거를 사서 타고 갈까? 아니면 스쿠터를 한 대 살까?

막연하게 이런저런 생각을 했지만, 내 수중의 돈을 보니 당치도 않았다. 이왕 내려놓는 거 마음 편히 생각하기로 했다. 집에 가자.

Scooter Traveler

이게 내 스쿠터의 마지막 사진이 될 줄은 몰랐다.

우루무치에서 하루 동안 머물며 '내려놓음'에 대해 많은 생각을 했다. 우루무치는 내 여행을 '마침표'가 아닌 '쉼표'로 만들어준 곳이다. 스쿠터로 온 길은 중국 국경에서 끝이 났지만, 상황을 받아들이자고 마음먹은 곳은 우루무치였다. 누구나 마음먹은 대로만 되면 그 삶은 단조로워지기 마련이다. 잠시 내려놓고, 나는 가던 길을 가자고 생각했다.

그때의 경험을 통해 사람은 어느 순간이 오면 포기할 줄도 알아야 한다는 걸 깨

달았다. 물론 마지막까지 최선을 다해 포기하지 않는 끈기도 중요하지만 안 되
는 걸 안 된다고 인정할 줄도 알아야 했다. 한숨이 나오기는 했지만 내가 일정
한계에 이르고, 마음을 비우는 순간 그동안 중국에서 스쿠터를 빼내려고 마음
졸이고 스트레스 받았던 게 씻은 듯이 달아났다.

나는 카슈가르에 있는 중국 국경으로 돌아가 짐을 다시 챙겨서 중국 대륙을 건
널 준비를 했다. 마지막으로 스쿠터를 볼 수 없었다는 게 못내 아쉬웠다.

서바이벌 유라시아 여행의 마지막회

우루무치, 투루판, 화염산, 하미, 둔황, 란저우, 시안으로 루트를 잡고, 베이징을 향한 중국 배낭여행을 시작했다. 제 아무리 포기하고 내려놓았다 해도 아쉬움은 길고 오래갔다. 우루무치에서 시작하여 여러 관광지들을 둘러보고 멋진 풍경 사진을 찍어도 왠지 흥이 덜 나고 살아 있는 느낌이 나지 않는 것 같았다. 두 바퀴가 없으니 내 자유가 사라지기라도 한 것처럼 느껴졌다.

'좋아하는 일을 하자' 라는 내 생각은 변함이 없었다. 흥이 나지 않으니 이쯤에서 접고 북경에 가서 친구들에게 내가 북경을 떠나 있는 동안 무슨 일이 있었는지 이야기해주고 싶어졌다.

"형, 나 북경에 왔어요."

북경역에 도착해서 불타는 학구열의 친형 같은 찬선 형에게 전화를 걸었다. 오래된 것
같지만 1년만의 재회. 오랜만의 만남도 중요했지만 배가 너무 고팠다. 일부러 함께 만
나 저녁을 즐기려고 기다렸던지라. 얼싸안고 즐거움을 만끽할 새도 없이 삼겹살을 먹
으러 가자며 졸랐다. 친구들을 만나 반가웠지만, 솔직히 말하면 삼겹살에 소주 한 잔이
더 반갑기도 했다. 이 얼마만의 진수성찬이란 말이냐? 배터지도록 식사를 마치고 나서
야 영국에 갔던 이야기나, 친구들이 몰랐던 서바이벌 유라시아 여행이야기를 해주었
다. 다들 표정이 어벙벙했다. 내가 찍은 사진을 보고 모두 한마디씩 했다.

"미쳤어."

"그래도 이렇게 살아서 왔잖아."

내가 없던 1년간 북경의 변화도 느끼고, 언제 다시 오게 될지 모르기에 좋아하는 중국 요
리들을 모두 먹고 가줘야 할 것 같은 생각이 들었다. 북경에서 보낸 5일 동안 지인들을
만나며 6개월 동안 자연스레 빠졌던 살들을 채웠다. 몸매는 예전으로 돌아왔지만 피부는
돌아오지 않았다. 집에 갈 생각을 하니 배부르게도 상한 피부가 걱정되기 시작했다.

귤, 수박 등을 즐겨 사먹던 과일 가게, 1위안짜리 녹차맛 아이스크림
가게, 북경에서 만난 동창생과 지인들, 중국 특유의 향내. 모든 게
그대로였다. 그런데 뭔가 나사가 하나 빠진 것 같은 허전함은 무엇
때문일까? 단지 변한 게 하나 있다면 나, 내 자신이 변해 있었다.

북경에서 언젠간 꼭 다시 만날, 어쩌면 만나지 못 할지도 모를 친구들과 아쉬운 작별을 하고 천진으로 가서 인천행 배에 올랐다. 나의 단편 여행 드라마가 종영을 앞두고 있었다. 인천행 갑판에 올라와 바닷바람을 맞았다. 달콤쌉싸름하다고 해야 하나? 그동안 얼마나 많은 일이 있었던가. 예전에 그냥 한국을 오갈 때 탔던 배가 아닌 것 같았다. 도대체 내가 무슨 짓을 한 거지? 거대한 땅덩이가 멀어져가고 있었다. 24시간 후면 집에 도착할 예정이었다.

Scooter Travel
The End

나의 스쿠터는 지금쯤 중국 국경의 어딘가에서 쉬고 있다. 어쩌면 누군가 그 스쿠터를 타고 매일 일터와 집을 오가고 있을지도 모르겠다. 그 친구는 멀리 다니는 것에 익숙하니까 가급적이면 누군가 타고 멀리 멀리 달려줬으면 좋겠다. 그리고 있었으면 좋겠다. 내가 어딜 가든, 어딘가에 살고 있든, 스쿠터와 함께 했던 그 기억들과 함께 할 것이다. 잊어버리기에는 너무 강렬한 기억들이기 때문이다.

내가 건너 온 유라시아 대륙의 2만km는 나를 성장하게 만들었다. 그 길이와 시간과 길에서 만난 모든 사람들이 평생 동안 느끼고, 깨닫고, 경험해야 할 모든 것들을 일깨워주었다. 고통과 시련, 아픔과 회한, 죽음과 희망, 그리고 자신감과 사람을 향한 따뜻함…… 이로써 나는 세상과 좀더 가까워졌다. 그리고 어떠한 경우라도, 어떠한 모습이라도 내가 먼저 달려가 세상을 꼬옥 안아줄 수 있는 여유가 생겼다. 나의 첫번째 로드무비는 나의 것이 아니라 스쿠터와 2만km의 길과 그곳에 숨 쉬고 있는 세상을 향한 뜨거운 열정의 것이다.

많은 사람들이 오늘도 여행을 꿈꾸고 떠난다. 내 경우만 보아도 현재 한곳에 정착해 살고 있지만 늘 여행을 떠나려고 준비 중이다. 다른 사람이 다녀온 여행 사진을 보거나 여행 에세이를 즐기면서 대리만족을 할 때도 있지만…… 하지만 언젠가 두번째 로드무비를 찍을 수 있을 거라 믿어 의심치 않는다. 세계는 넓고, 내 스쿠터는 아직 멈추지 않았으니까.

얼굴 *Epilogue*

집이 가까워질수록 사람들의 얼굴이 점점 나와 비슷해졌다.